9,30

Alfred Andersch

Fahrerflucht

Hörspiel

Ein Liebhaber des Halbschattens

Erzählung

Philipp Reclam jun. Stuttgart

Universal-Bibliothek Nr. 9892
Lizenzausgabe mit Genehmigung der Diogenes Verlag AG, Zürich. »Fahrerflucht« aus: Alfred Andersch, *Hörspiele.* »Ein Liebhaber des Halbschattens« aus dem gleichnamigen Erzählungsband, der erstmals 1963 erschienen ist.
Gesamtherstellung: Reclam, Ditzingen. Printed in Germany 1984
ISBN 3-15-009892-0

Fahrerflucht

Stimmen:

Tankwart
Manager
Mädchen
Ansager
Polizeibeamter
Oberfeldwebel Heiß
Mary Lou
Steffen
Jimmy Wong
Sprechergruppe *(immer in Einzelsprecher aufgeteilt, nie als Sprechchor)*

Musik:
Jazzcombo

Ursendung vom Südwestfunk am 19. November 1957, als Gemeinschaftsproduktion mit Radio Bremen

I.

ANSAGER. Drei Leute haben mit der Sache zu tun. Nummer eins: der Tankwart.

Pause, in der Jazzcombo (kein Blech!) einsetzt. Sie bleibt unter dem folgenden Text stehen und rhythmisiert ihn

SPRECHERGRUPPE *in Einzelsprecher aufgeteilt.*
Autobahnausfahrt Stuttgart Nord
Zubringerstraße
Fade Hügel, mit Grünzeug beworfen
Juli
Grünzeug
sommerlich
Sechs Uhr morgens
Schon heiß
Stuttgartheiß
Weiße Stuttgarter Hitzebrühe
Tankstelle in fadem Grünzeug
BV-Aral
Firmenfarben blau-weiß
Schwarzgrüner Mercedes 220
– Polizeifarbe,
blaues Alarmlicht –
fährt schwarzgrün
durch fades Grünzeug
in weißer Hitze
an blau-weiß lackierten Blechen
vor
rollt aus und stoppt.

Noch ein paar Takte Musik. Dann Pause

TANKWART. Ich hatte mich unter die Tür gestellt, denn ihre Sirene war schon von weitem zu hören gewesen, und es wäre falsch gewesen, wenn ich am Schreibtisch gesessen und überrascht aufgeblickt und so getan hätte, als hätte ich sie nicht gehört. Sie mußten erwarten, daß man unter die Tür trat und nachsah, was los war, wohin sie fuhren, um sechs Uhr morgens, mit der Sirene in Betrieb. Dagegen durfte ich ein wenig davon überrascht sein, daß sie bei mir vorfuhren, und ich spielte das ganz gut und ging langsam und mit ein paar zögernden Schritten – so, als wüßte ich doch nicht recht, ob ich gemeint sei – auf den Streifenwagen zu, vier Mann, alle in Uniform, saßen drin, und natürlich stieg keiner aus, weil keiner, der 'ne Uniform anhat, es noch nötig hat, höflich zu sein und auszusteigen und einem ein paar Schritte entgegen zu kommen, sondern sie blieben sitzen, und der, der neben dem Fahrer saß, hatte die Scheibe heruntergerollt. Er fragte mich, ob mir während der letzten halben Stunde ein Auto mit frischen Kratzspuren an der rechten Seite aufgefallen sei. Ich tat so, als müsse ich einen Moment nachdenken, und dann sagte ich: »Nein, ich bin seit einer halben Stunde im Dienst und da haben nur zwei Wagen bei mir getankt. An denen ist mir nichts aufgefallen, aber ich habe auch nicht besonders darauf geachtet, ob was mit ihnen los war. Und nach den Autos, die auf der Straße vorbeifahren, schaue ich meistens gar nicht hin.« Während ich diese Auskunft gab, hatte ich meine rechte Hand in der Hosentasche und befühlte mit den Fingern den Hundertmarkschein, und am Schluß fragte ich: »Warum, was ist los?« Aber der Kerl im Streifenwagen gab mir keine Antwort, sondern er stieg plötzlich aus und fragte, ob ich meine Verkäufe immer gleich registriere, und ich sagte ja, das sei Vorschrift vom Chef, und da bat er mich, ihm das Kassabuch zu zeigen. Wir gingen ins Büro, und während er sich die beiden Eintragungen ansah, die ich an diesem Morgen schon gemacht hatte, blickte ich durch das Fenster zur Tanksäule hinüber und vergewisserte mich zum zehnten Mal, daß ich den letzten Verkauf, 20 Liter Super, den Verkauf, der nicht im Kassabuch stand, gelöscht hatte. Auch der Polizeibeamte warf einen kurzen Blick auf die Tanksäulen, ehe er sagte, ich solle ihm die beiden Wagen beschreiben, die getankt hätten, und als ich es getan hatte, rückte er endlich mit der Sprache heraus.

Raumwechsel

POLIZEIBEAMTER. Fahrerflucht. Gleich hinter Leonberg liegt eine im Straßengraben, die ist fertig. 'ne Radfahrerin. Das Rad ist auch ganz im Eimer, und der Schweinehund, der da abgehauen ist, muß unbedingt Spuren an der rechten Seite von seinem Fahrzeug haben. Wir bekamen die Funkanweisung vor zehn Minuten und die ganze Sache ist höchstens 'ne halbe Stunde alt. Es muß sich um einen Pkw handeln. Der Fahrer hat am Tatort ganz kurz abgebremst und ist dann weitergefahren. Er hat nicht gewendet, um zur Stadt zurückzufahren, und muß deshalb hier vorbeigekommen sein. Sie können mir also nichts Sachdienliches mitteilen?

Raumwechsel

TANKWART. Das wäre der Moment gewesen, in dem ich zurückgekonnt hätte, und komischerweise erfaßte ich das auch ganz scharf und klar, während ich bedauernd die Achseln zuckte und »nein« sagte und hinzufügte: »Dann müssen Sie ihn auf der Autobahn suchen, bis zur Einfahrt führt hier nichts mehr ab, außer dieser Feldweg da«, und ich wies, während ich ihn zum Streifenwagen zurückbegleitete, auf den Kiesweg, auf dem wir immer mit den Motorrädern nach Leonberg reinfahren, um unser Bier zu holen, aber er sah nur flüchtig hin, er sah eigentlich nicht einmal den Weg, sondern nur auf das runde Schild, das den Weg gegen Fahrzeuge aller Art sperrte – Menschenskinder, sind Polizisten doof! – und nickte nur und dann saß er auch schon wieder neben dem Fahrer und sie rauschten ab, Richtung Autobahn.

Pause

Einen Augenblick lang war es ganz still. Meine Hand befand sich immer noch in der Tasche, immer noch befühlten meine Finger den Hundertmarkschein, aber diesmal hörte ich ihn knistern, so still war es. Ich überlegte, ob der Beamte vielleicht doch die Feldwegausfahrt geprüft hatte, ob ein Blick ihm genügt hatte, um festzustellen, daß sich keine Radspuren auf dem Kies befanden – denn ich hatte sie mit der Harke gelöscht, so, wie ich die 20 Liter Super am Tankzähler mit einer Drehung der Kurbel gelöscht hatte –, und dann fing ich an, zu überlegen, warum ich das alles getan hatte. Und warum ich nichts Sachdienliches mitgeteilt hatte.

Pause

Ich stand auf dem Beton vor der Tankstelle, sechs Uhr morgens, es war schon heiß, Juli, die weiße Stuttgarter Hitzebrühe kroch an mir hoch, ich sah die faden Hügel voller Grünzeug in der Ferne, und auf einmal wußte ich, warum mir das zugestoßen war. Ich brauchte mich ja nur zu erinnern.

Pause. Jazzcombo setzt wieder ein

SPRECHERGRUPPE.
Autostrada Genua – Rom
genannt Via Aurelia
bei Abzweigung Piombino.
Fade Hügel, mit Grünzeug beworfen,
Juli
Grünzeug
sommerlich
Fünf Uhr morgens
Schon heiß
Piombinoheiß

Weißes toskanisches Sonnenfeuer
Gehöft in fadem Grünzeug
schon zerstört
also kein Ziel mehr
also Gefechtsstand
einer Schwadron
eines Bataillons
einer Luftwaffen-Felddivision
in weißer Hitze
im Sonnenfeuer
toskanisch heiß.

Noch ein paar Takte Musik, dann Pause

TANKWART. Gegenüber von dem Gehöft stand eine Piniengruppe und ich wartete unter der größten Pinie, bis die Jabos vorbeigedonnert waren, ehe ich die Straße mit ein paar Sprüngen überquerte. Ich erreichte die Ruine und ging in den Keller runter, der noch intakt war. Der Chef und der Spieß und der Schreiber waren schon weg, sie hatten in der Nacht den Gefechtsstand nach rückwärts verlegt, und nur der Oberfeldwebel Heiß saß da und wartete befehlsgemäß auf mich. Ich war damals Melder beim 3. Zug und ich sollte den Oberfeld Heiß zu uns nach vorne bringen, weil unser Zugführer am Tag vorher den Arsch zugekniffen hatte. Ich machte Meldung, aber Heiß schaute mich gar nicht an, sondern er saß nur so da und rauchte eine Zigarette. Ich hatte ein komisches Gefühl. Es fiel mir auf, daß er noch nicht gepackt hatte, die Teile seines Sturmgepäcks lagen lose herum, und ich dachte: der ist bekloppt, wenn er sich einbildet, ich packe ihm sein Sturmgepäck. Er saß da, mit offener Jacke, rauchte und stierte vor sich hin. Um etwas zu sagen, deutete ich auf sein Deutsches Kreuz in Gold. »Den Platschari nehmen Sie besser ab«, sagte ich, »wenn Sie mit mir nach vorne gehen, Oberfeld. Der ist 'ne Zielscheibe für die Amis.« Er wachte auf, fixierte mich scharf und dann brüllte er plötzlich los, ich solle eine der höchsten deutschen Tapferkeitsauszeichnungen nicht einen Platschari nennen. Ich nahm Haltung an und sagte nichts. Er schmiß die Zigarette weg.

Raumwechsel

OBERFELDWEBEL. Und außerdem gehe ich nicht mit Ihnen nach vorne.

Raumwechsel

TANKWART. Irgend etwas gefiel mir an der Sache nicht. Am wenigsten gefiel mir, daß Heiß diesen Satz so laut und scharf hervorbrachte. Ich muß ziemlich blöd geschaut haben, denn er fuhr mich an:

Raumwechsel

OBERFELDWEBEL. Glotzen Sie mich nicht so an! Ich sage Ihnen, daß ich nicht mit Ihnen nach vorne gehe.

TANKWART. Dann ist also der Befehl aufgehoben?

OBERFELDWEBEL. Welcher Befehl?

TANKWART. Daß Sie den 3. Zug übernehmen sollen.

OBERFELDWEBEL. Wie heißt das?

TANKWART. Daß Sie den 3. Zug übernehmen sollen, Herr Oberfeldwebel.

OBERFELDWEBEL. Na, Sie können es ja noch. Und obwohl es Sie nichts angeht: ja, der Befehl ist aufgehoben.

TANKWART. Wer führt dann bitte den 3. Zug, Herr Oberfeldwebel?

OBERFELDWEBEL. Unteroffizier Kastner.

TANKWART. Darf ich Herrn Oberfeldwebel bitten, mir die schriftliche Ausfertigung dieses Befehls mitzugeben?

Raumwechsel

Er kam einen Schritt näher und sah mich an. Ich wußte jetzt, was mir an der Sache nicht gefiel. Ich war mir jetzt im klaren darüber, warum seine Sachen noch herumlagen und warum er dagesessen hatte, als ich kam, mit abwesendem Blick, die Uniformjacke offen, und rauchend. Heiß hatte Angst.

Pause

Ich habe schon gesagt, daß ich, gleich nachdem ich in den Keller reinkam, ein komisches Gefühl hatte. Das Gefühl war Angst. Ich wußte nun, warum ich Angst hatte. Ich hatte Angst vor der Angst des Oberfeldwebels Heiß. Es gibt alle möglichen Arten von Angst und im Krieg lernt man sie kennen. Es gibt Anfälle von Angst, gegen die man nichts machen kann, ich habe sie oft bei mir und anderen festgestellt, und man muß sie über sich ergehen lassen und dann schüttelt man sich wie ein Hund nach einer Dusche und läuft wieder weiter. Es gibt auch angeborene Angst, immerwährender Schiß, und es gibt welche, die werden sie nie los, und welche, die können ihren angeborenen Schiß abdrehen wie eine Wasserleitung und eine Zeitlang tapfer sein, und wenn sie nicht mehr tapfer zu sein brauchen, dann drehen sie die Wasserleitung wieder auf. Und dann gibt es noch die durch und durch feigen Schweine. Man erkennt sie daran, daß sie eine Stimmung des Terrors um sich verbreiten. Es gibt nichts Brutaleres als einen Feigling. Ich ahnte, wofür der Oberfeldwebel Heiß das Deutsche Kreuz in Gold bekommen hatte. Ich hatte Angst, weil ich allein war mit einem feigen, brutalen Schwein.

Raumwechsel

OBERFELDWEBEL. Höre ich recht? Sie wollen meiner mündlichen Mitteilung nicht glauben?

TANKWART. Aber der Schwadronschef muß doch noch Zeit

gehabt haben, einen so wichtigen Befehl, der Sie betrifft, schriftlich abzufassen.

OBERFELDWEBEL. Was meinen Sie mit »der Sie betrifft«? Damit meinen Sie doch etwas ganz Bestimmtes.

TANKWART. Allerdings. Ich meine, daß es schlecht aussieht, wenn ein Befehl, der Sie betrifft, Herr Oberfeldwebel, ganz allein von Ihnen weitergegeben wird. Noch dazu ein Befehl, der Sie vor dem Frontdienst bewahrt, Herr Oberfeldwebel!

Raumwechsel

Er sah mich an, als hätte er einen Verrückten vor sich. Aber er irrte sich: ich kannte mich mit den Vorschriften sehr gut aus und wußte, daß ich in einem solchen Fall einen Schwadronsbefehl fordern konnte. Es war zwar ein bißchen ungewöhnlich, aber auf keinen Fall konnte ich dafür bestraft werden, daß ich einen Nachweis verlangte. Dabei wußte ich schon, daß ich in meinem Kampf mit Heiß den Kürzeren ziehen würde. Und richtig hörte er auch auf, Theater zu machen.

Raumwechsel

OBERFELDWEBEL. Sie vergessen, daß wir allein sind!

Raumwechsel

TANKWART. Klar. Er hatte alle Trümpfe in der Hand. Er konnte es sich sogar leisten, mit dem Satz »Sie vergessen, daß wir allein sind« die Maske fallenzulassen. Ich wußte, was dieser Satz bedeutete. Er bedeutete, daß er mir anhängen konnte, was er wollte. Ich war nur ein kleiner Gefreiter und er war Oberfeldwebel und er konnte Anzeige gegen mich erstatten: er konnte behaupten, ich sei überhaupt niemals gekommen, ihn abzuholen, oder ich hätte mich geweigert, noch mal nach vorne zu gehen, oder ich sei betrunken gewesen, oder er habe mich bei versuchter Fahnenflucht erwischt. Es würde eine Kleinigkeit für ihn sein, den Spieß herumzudrehen und mich vors Kriegsgericht zu bringen. Denn wir verhandelten ohne Zeugen. Ich war allein mit einem brutalen Feigling. Aber was er dann tat, übertraf doch alles, was ich erwartet hatte.

Pause

Er hatte plötzlich seine Dienstpistole in der Hand und richtete sie gegen mich.

Raumwechsel

OBERFELDWEBEL. Ich zähle jetzt bis drei, und wenn Sie dann nicht draußen sind ... Und vorher noch: Sie können sich auf was gefaßt machen, wenn wir uns wiedersehen. So, und jetzt ab! Eins ...

Raumwechsel

TANKWART. Ich war draußen wie der Blitz und wieder über der Straße drüben, unter den Pinien, und hielt keuchend und sah zu den Ruinen des Gehöfts hinüber, an der Autostrada Genua – Rom, Abzweigung nach Piombino, die Luft war weiß vor Hitze, ich hatte Angst, die Hitze kroch an mir hoch

Pause

und dann knisterte wieder der Hundertmarkschein in meiner Tasche, ich stand auf dem Beton vor der Tankstelle, Autobahnausfahrt Stuttgart Nord, Zubringerstraße, sechs Uhr morgens, schon heiß, Juli, wie damals bei Piombino, ich sah die faden Hügel voller Grünzeug in der Ferne, wie damals bei Piombino, und auf einmal wußte ich, warum mir das zugestoßen war.

Pause

Es war mir zugestoßen, weil ich ein paar Minuten lang genau die gleiche Art Terror gespürt hatte wie damals bei Piombino. Ich weiß, es ist völlig unlogisch, denn der Kerl mit dem Borgward Coupé hatte nicht das geringste Druckmittel gegen mich in der Hand. Er konnte mir nicht drohen, wie der Oberfeldwebel Heiß. Trotzdem hatte ich vor ihm genau die gleiche Sorte Angst.

Pause

Dabei ließ sich alles ganz harmlos an. Ich hatte um fünf Uhr mit dem Dienst begonnen und schon zwei Wagen bedient, als so gegen dreiviertel sechs das Borgward Coupé draußen stand. Ich hatte es gar nicht kommen gehört. Der Kunde stand schon an seinem Wagen, an der rechten Vordertür.

Raumwechsel

MANAGER. Zwanzig Liter Super bitte!

Raumwechsel

TANKWART. Ich nickte, nahm den Einfüllstutzen aus dem Bügel, schraubte den Tankdeckel ab, schob den Stutzen hinein und drückte den Hahn. Die Uhr begann zu kreisen.

Raumwechsel

Wird schwül werden heute.

MANAGER. Ja, mächtig schwül.

Raumwechsel

TANKWART. Ich muß gestehen, es fiel mir erst später auf, daß der Kunde immer an der rechten Seite seines Wagens stehen blieb. Wenn man tagtäglich unzählige Wagen bedient, dann paßt man nicht mehr auf die Kunden auf. Ich wurde erst aufmerksam, als dieser Kunde fragte, wohin der Kiesweg führe, der neben unserer Tankstelle abzweigt, der Kiesweg mit dem Sperrschild davor. Ich blickte zum erstenmal auf und bemerkte, daß er ein rundes Gesicht mit einem spitzen Kinn und einer spitzen Nase hatte und daß er eine dicke schwarze Hornbrille trug, er hatte einen bedeutenden Anzug an, Zweireiher natürlich, er trug einen von diesen vornehmen grauen Hüten auf dem Kopf, und der Wagen paßte auch dazu, so richtig der kleine Vormittagswagen für 'ne schnelle Tour nach Heidelberg oder Baden-Baden von einem, der außerdem noch einen Mercedes 300 oder den 3,2 Liter BMW im Stall hat. Er war kein Herr, aber er war ein mächtiger Mann, eines von diesen runden, käsigen Gesichtern, die heute die Macht und das Geld haben. Er war mir unsympathisch.

Raumwechsel

Der Weg da? Der führt nach Leonberg.
MANAGER. Ist er überall so breit wie hier?
TANKWART. Ja, er wird sogar noch breiter. Warum?
MANAGER. Ich möchte ihn benutzen. Ich habe mich verfahren und ich hab's eilig. Ich muß ganz schnell nach Leonberg rein und dann weiter, die Richtung nach Calw.
TANKWART. Das geht nicht. Das ist schon Zubringerstraße Autobahn und wir haben den Seitenweg zur Tankstelle nur bewilligt bekommen unter der Bedingung, daß wir niemand durchlassen. Das kann den Chef die Lizenz kosten, wenn wir den Weg befahren lassen.

Raumwechsel

Ich war schon wieder dabei, den Tankdeckel aufzuschrauben und wollte ihn gerade fragen, ob ich Öl und Wasser prüfen solle, als er auf einmal dicht neben mir stand.

Raumwechsel

MANAGER. Hören Sie, ich fahre jetzt über den Kiesweg nach Leonberg. Und Sie werden keinem Menschen etwas davon sagen!

Raumwechsel

TANKWART. Ich wollte gerade den Mund auftun, als ich den Hundertmarkschein in seiner Hand gewahrte. Er hielt die Note entfaltet und ausgestreckt vor mich hin

Pause

und ich starrte ihn einen Moment lang an und dann nahm ich den Schein und steckte ihn ein, während er um das Auto herumging, sich hinter das Lenkrad klemmte und den Motor anließ. Als der Wagen anrollte und nach rechts in den Kiesweg reinfuhr, sah ich die Kratzspuren an seiner rechten Seite, auf dem vorderen Kotflügel und an der Türe, und ich begriff, warum der Mann nicht von der rechten Seite seines Autos weggegangen war, aber da waren sie auch schon fort, der Mann und das Auto, und ich nahm ganz mechanisch die Harke und löschte die Spuren, die die Reifen auf dem losen Kies des Feldweges hinterlassen hatten. Und danach ging ich zur Tanksäule und löschte die Ziffern. Der Mann und das Auto waren niemals dagewesen. Nur der Hundertmarkschein in meiner Tasche erinnerte mich an ihre Anwesenheit.

Pause

Ich habe ihn nicht genommen, weil das Geld mich verführt hätte. Ich habe ihn genommen, weil von dem Mann genau die gleiche Art Terror ausging wie von dem Oberfeldwebel Heiß: der Terror eines Feiglings. Ich weiß, daß das alles unlogisch ist: ein Hundertmarkschein ist keine Dienstpistole – dennoch habe ich mich einen Augenblick lang von dem Geldschein genauso bedroht gefühlt wie damals von der Waffe. Es muß an dem Mann gelegen haben, der ihn mir hinstreckte. Er sah ganz anders aus als Heiß. Aber er war mir genauso unsympathisch. Ich hatte Angst vor ihm. Ich habe Angst immer nur vor Menschen gehabt. Damals, bei Piombino, hatte ich keine Angst vor den Jabos, auf meinen Meldegängen, und keine Angst vor der Artillerie der beiden kleinen englischen Kreuzer, die auf der Reede von Piombino lagen – aber als ich aus dem Keller des Gehöfts herauskam, hatte ich Angst vor dem Oberfeldwebel Heiß. Ich wußte, was mir bevorstand, wenn ich noch lebte, bis wir in Ruhestellung kamen, und ich beschloß, nicht mehr zur Schwadron zurückzukehren. Ich versteckte mich in einem anderen Gehöft, östlich der Straße, an den Abhängen der Hügel, und ließ mich von den Amerikanern überrollen, und nach ein paar Tagen war ich im Gefangenenlager in Nettuno. Heiß hat leichtes Spiel mit mir gehabt, aber Leute wie er haben einen Riecher dafür, mit wem sie es zu tun haben.
Der heute früh hat auch gleich gewußt, wen er vor sich hatte: einen, der sich einschüchtern läßt. Ich kann mir nicht helfen: wenn ich einen dieser großen, mächtigen Gangster vor mir habe, einen von diesen Kerlen, die immer obenauf sind, das Gesindel mit den Oberfeldwebeltressen und den zweireihigen Anzügen, dann gebe ich auf. Ich weiß, ich sollte nicht aufgeben, ich sollte kämpfen, aber ich bin dann wie gelähmt. Und wie hypnotisiert starre ich auf ihre Dienstpistolen und Hundertmarkscheine, und schließlich bewege ich mich: um zu flüchten oder ihr Geld zu nehmen.

Und jetzt bin ich mit drin. Ich habe das Geld genommen und dann habe ich dem Kerl, von dem ich wußte, daß er etwas auf dem Kerbholz hat, zur Flucht verholfen, und dann, als mir der Polizeibeamte eine letzte Chance gab, habe ich sie verpaßt, und jetzt hänge ich mit drin. So eine Sauerei! Der Kerl hat eine Frau totgefahren. Hoffentlich erwischen sie ihn nicht.

Pause

Immerhin habe ich seine Nummer. S, U, acht sechs sechs. Ein Stuttgarter Wagen.

II.

ANSAGER. Drei Leute haben mit der Sache zu tun. Nummer zwei: der Manager.

Pause, Jazzcombo

SPRECHERGRUPPE.
Baden-Baden
Hotelterrasse
›Rialto‹, mit Schwimmbad,
Liegestühle Modell Palm Beach
Spesenrechnungen
›Besprechungen mit Geschäftsfreunden‹
Auch die Kosten einer Privatjacht
in Travemünde
oder Ascona
können jetzt als Repräsentations-Auslagen
abgeschrieben werden.
Die Camparigläser klirren
rot vor den Tannen
der schwarzen Wälder.

Silbersprühend
steigt Helen aus dem Bassin,
siebzehn,
Tochter von Direktor Soundso,
›Najade des Atomzeitalters‹,
Badeanzug von der Kö,
Süße Krabbe.
Man sollte eine Geliebte haben.
Aber dazu reicht die Zeit nicht.
Zwischen Terminen
Nur kurze Impressionen
als Ersatz
Zum Beispiel
vor Schwarzwaldtannen
Camparirot.

Noch ein paar Takte Musik. Dann Pause

MANAGER. Als ich heute morgen um fünf das Haus verließ, war es still. Ich war der erste auf. Gewöhnlich stehe ich erst um neun Uhr auf und bin gegen zehn Uhr im Büro, und um diese Zeit sitzt die Dame, mit der ich verheiratet bin, schon mit tadellosem Make-up bei ihrem Rohkostfrühstück im Garten. Man hat sie dazu erzogen, sich dem Herrn, mit dem sie verheiratet ist, und den Herren, mit denen sie nicht verheiratet ist, unter keinen Umständen anders als fix und fertig zu präsentieren, und weder ich noch die anderen Herren haben es jemals gewagt, ihr zu sagen, daß sie uns ein wenig weniger gerüstet, eine Spur unfrisierter und im Ganzen ruhig ein bißchen schlampiger lieber wäre. Na, sie ist jedenfalls, wie sie ist: immer auf dem Damm. Ich mache von unserer Ehe schon seit längerer Zeit keinen Gebrauch mehr und habe ihr dankbar dafür zu sein, daß sie diese Tatsache lediglich mit einer Art gereizter Lieblosigkeit quittiert, niemals aber Szenen macht oder ›das Thema zur Sprache bringt‹. Früher war sie schlank, und jetzt wird sie immer drahtiger, eine Dame von fünfzig Jahren, ein Produkt aus Rohkost, Tennis und Helena Rubinstein, alle Bücher lesend, zu denen ich keine Zeit habe, und wenn ich mal den Buick brauche, hat sie ihn mitgenommen, nach Salzburg oder Cannes, und gewöhnlich bringt sie sich dann Souvenirs mit, einen jungen Schauspieler oder Musiker, der so lange bei uns herumsitzt, bis ihm die Sache langweilig oder peinlich wird.

Pause

Wir haben zwei entzückende Töchter, zwölf und siebzehn Jahre alt. Sie sind süß anzusehen, aber ich sehe sie nur selten. Da ich keine Zeit und kein Geschick habe, mich um sie zu kümmern, wissen sie bereits ganz genau, daß sie die Kinder feiner Leute sind.

Pause

Wenn ich, wie gewöhnlich, um zehn Uhr das Haus verlasse, steht Walter bereit, um mich in den Laden zu fahren. Er hat dann den Wagen schon auf Hochglanz gewienert. Käthe hat mir um acht Uhr das Frühstück aufs Zimmer gebracht. Wir haben außer Käthe noch ein Zweitmädchen. Und natürlich eine Erzieherin.

Pause

Das ist also das Haus. Die Dame, die Kinder, der Chauffeur, die beiden Mädchen, die Erzieherin. Zusammen verbrauchen sie den größten Teil dessen, was ich verdiene. Die funktionierende Familie. Der Sinn des Lebens. Die Keimzelle der Gesellschaft. Das Haus ist groß, teuer, und im Stil neutral. Terrassierter Garten mit Schwimmbassin, satinbezogene Stühle und Schaukelbank, Bibliothek, die ich immer mal ordnen wollte, allerbeste Society-Lage, selten Besuche – ich gehe lieber mit den Leuten aus –, riesiges Aussichtsfenster mit Blick auf die Stadt, in der ich arbeite, offenbar zu dem Zweck arbeite, sie durch teures Kristallglas, drei Meter mal einsfünfzig, gelangweilt betrachten zu können. Ich habe keine Geliebte. Während der letzten zehn Jahre habe ich mir in Abständen von etwa zwei Jahren kurze Seitensprünge geleistet, mit einer Sekretärin, mit der Frau eines Geschäftsfreundes, mit Reisebekanntschaften im Hotel, jedesmal mit dem Resultat: es stand nicht dafür. Der Aufwand, den solche Dinge kosten, rentiert sich nicht.

Pause

Bleibt also die Arbeit. Bekanntlich die Erfüllung des männlichen Lebens. Ein Mann geht in seiner Arbeit auf. Darf ich gestehen, daß sie mich bereits seit einer Reihe von Jahren aufs äußerste langweilt, diese ununterbrochene Kette von Terminen, Konferenzen, Unterschriften, Besprechungen, Geschäftsreisen, dieses ganze Getue, das nur dazu dient, einen so gut wie automatischen Erfolg abzusichern? Diese stumpfsinnige Tüchtigkeit auf der Basis einfacher Marktaufteilung durch Kapitalgruppen, diese Mienen des Geschäftsinteresses in den unteren Rängen und des Zynismus in den oberen! Und wozu das Ganze? Zur Organisation der gewaltigsten Konsumgüterschwemme der Weltgeschichte, mit dem Ergebnis, daß meine Angestellten Eisschränke und Filme verbrauchen, und meine Familie Tennis und Salzburg. Es sollte mich begeistern, ich weiß, ich helfe mit, die Überlegenheit der freien Welt zu beweisen, aber irgendwie langweilt es mich. Am schlimmsten ist es, daß es mich schon langweilt, darüber nachzudenken, denn auch das ist eine Industrie geworden, dauernd lädt man mich zu Tagungen ein, auf denen darüber debattiert wird; die Industrie der Sinngebung läuft auf vollen Touren.

Pause

Ich habe mein Haus und meine Arbeit heute früh um fünf Uhr verlassen. Und alles wäre glattgegangen, wenn ich nicht die Kratzer an den rechten Kotflügel und die rechte Tür meines Autos bekommen hätte. Ich hatte meine Flucht tadellos vorbereitet, es wäre sozusagen die perfekte Flucht geworden, aber nun ist es eine Flucht mit einem Schönheitsfehler geworden. Mit einem scheußlichen Schönheitsfehler.

Pause

Seit Monaten schon habe ich den Konzern auf meine längere Abwesenheit vorbereitet. Ich habe die ärztlichen Gründe in einem gewissen Ausmaß geschildert und die richtigen Leute an die richtigen Plätze dirigiert. Zusammen mit meinem Anwalt habe ich alle nötigen testamentarischen Vorkehrungen getroffen. Ihn und den Arzt habe ich zu unbedingtem Schweigen verpflichtet; ich habe mir ihr Schweigen mit großen Legaten in meinem Testament erkauft. Worauf es mir ankam, war: die Flucht vor meiner Familie geheimzuhalten. Denn vor ihr flüchte ich. Ich habe alles geordnet: es wird der Dame, mit der ich verheiratet bin, an nichts fehlen, wenn ich nicht mehr bin. Aber ich will diese letzten Monate allein sein. Allein sein und leben. Ich habe Jahrzehnte damit verbracht, eine große Kristallglasscheibe in einer langweiligen Stadt zu bauen. Ich habe also meine Pflicht getan. Niemand wird es mir übelnehmen können, wenn ich die letzten Monate meines Lebens allein verbringe, allein und auf meine Weise: mit ein paar Landschaften und ein paar Städten, mit der See und mit den Flaschen, mit Schiffen und Kirchen, mit Blicken, mit letzten Illusionen und mit der großen Agonie. Ich hatte gehofft, heute früh damit beginnen zu können, frei zu sein. Aber jetzt sitze ich im Anblick dunkler Schwarzwaldtannen vor einem Glase Campari und empfinde nichts. Dieser dumme Zufall heute morgen hat alles verdorben. Er hat meine Flucht in die Freiheit in einen üblen Fall von Fahrerflucht verwandelt. Wenn der Mensch von der Tankstelle schweigt, findet mich die Polizei nicht. Ich habe meinen Wagen hier in einer zuverlässigen kleinen Werkstatt, bei einem Mann, der für viel Geld nicht redet. Ob ich das Mädchen getötet habe, oder nur verletzt? Ich will morgen in den Zeitungen nachsehen. Aber ich weiß, daß ich es getötet habe. Dies ist also das Ende meiner Laufbahn: eine Tote über dem Weg einer mißglückten Flucht. Ein scheußlicher Schönheitsfehler. Ein dummer Zufall. Oder vielleicht doch kein Zufall? Vielleicht doch das Ende einer Kette? Wo begann sie? Kann ich mich noch daran erinnern?

Pause, Jazzcombo setzt wieder ein

SPRECHERGRUPPE.

Kurfürstendamm
Café Bristol
Fünf Uhr nachmittags im September
Mit dem Wagen am Wannsee gewesen.
Norddeutscher Herbst
Kühl, durchsichtig
Jetzt Tee mit Rum
Leises Klirren der Tassen
Mary Lou am Nebentisch
Blicke unter Augenwimpern
Im Berliner Tageblatt
ein Aufsatz über Alexandra Kollontai und die freie Liebe
Graublauer Abend
dann die ersten Lichtreklamen
von Arbeitslosen betrachtet.
Die zyklische Krise
Und die käufliche Liebe
Der Herbst des Kapitalismus

Graublau phosphoreszierend
Im Blick von Mary Lou
Um fünf Uhr nachmittags im September
Im Café Bristol
Am Kurfürstendamm.

Noch ein paar Takte Musik, dann Pause

MANAGER. Während ich scheinbar im Berliner Tageblatt las, überlegte ich, ob ich Mary Lou wieder einmal zum Essen einladen sollte. Sie saß am Nebentisch, im Gespräch mit einem Herrn, den ich nicht kannte, einem Roué älteren Semesters, für den sie eigentlich zu schade war, und manchmal wechselte ich einen Blick mit ihr. Mary Lou war reizend, Arztgattin, und sie verdiente sich ihr Taschengeld auf diese Weise, niemand nahm es ihr übel. Wir waren damals alle sehr tolerant und modern und großzügig. Ich war mit Steffen verabredet, Steffen von der Rölling-Zoch AG, unserer Konkurrenz. Ich war gespannt, was er von mir wollte, wir kannten uns nur von Branchen-Sitzungen. Er kam zehn Minuten nach fünf ins Bristol und entschuldigte sich vielmals wegen der Verspätung, er sei wegen einer Arbeitslosendemonstration am Potsdamer Platz mit dem Wagen blockiert gewesen, und während er erklärte, das mit den Arbeitslosen müsse jetzt bald aufhören, und sich Kaffee und Cognac bestellte, tauschte ich nochmals Blicke mit Mary Lou – ich war damals, 1932, noch nicht verheiratet –, ein Gespräch in Blicken fand statt.

Pause, Raumwechsel

MARY LOU. Wie findest du den Herrn, der bei mir sitzt?
MANAGER. Schrecklich.
MARY LOU. Er *ist* schrecklich.
MANAGER. Schick ihn weg!
MARY LOU. Soll ich?

MANAGER. Ja. Ich bin um sechs Uhr frei.
MARY LOU. Gut, ich werde warten, bis du Zeit hast.
MANAGER. Es wird nicht lange dauern. Wir fahren nachher nach Sakrow raus und essen im Seegarten.
MARY LOU. Fein, ich fahre so gern Auto.
MANAGER. Also bis nachher!
MARY LOU. Ich freu mich.
MANAGER. Tschüs! Bis nachher!

Raumwechsel

Pause

Steffen bot mir aus seinem silbernen Zigarettenetui an, ich dankte, weil ich damals Nichtraucher war, und er sagte: »Dann wollen wir zur Sache kommen.«

Raumwechsel

STEFFEN. Hören Sie, es geht um folgendes: wir haben ein starkes Aktienpaket Ihrer Firma angeboten bekommen, natürlich nicht die Majorität, die liegt ja bei der Familie, aber doch eine starke Minorität, die uns eine gewisse Einflußnahme sichern würde, und wir denken daran, dieses Angebot auszunutzen. Aber wir können die Aktien nicht selbst übernehmen, das wird Ihnen klar sein, die Rölling-Zoch AG kann nicht innerhalb einer Firma, an der sie sich beteiligt, in der Minderheit bleiben.

Raumwechsel

MANAGER. Ich weiß nicht, ob er mir damals diesen Tatbestand so direkt mitteilte, wie ich das hier wiedergebe. Wahrscheinlich hat er mir die ungeheuerliche Absicht von Rölling-Zoch, die Firma zu schlucken, bei der ich Verkaufsdirektor war, die größte Konkurrenz für Rölling-Zoch in der ganzen Branche, etwas langsamer und diplomatischer serviert. Ich war baff.

Raumwechsel

Nun erzählen Sie mir bitte, warum Sie das ausgerechnet mir mitteilen, Herr Steffen? Sie wissen doch, daß ich verpflichtet bin, dies alles sofort Herrn Geheimrat Baumann mitzuteilen.

STEFFEN. Das werden Sie sich überlegen, wenn Sie mich bitte noch einen Moment anhören wollen.

MANAGER. Bitte sehr!

STEFFEN. Wir könnten uns nämlich vorstellen, daß Sie der geeignete Juniorpartner für Geheimrat Baumann wären.

Raumwechsel

MANAGER. Er machte sich keine Mühe mit dem Sack, in dem er die Katze verborgen gehalten hatte. Er ließ sie mit einem Satz heraus. Und ich – ich tat eine Weile so, als verstände ich ihn nicht. Ich begriff, daß ich Zeit gewinnen mußte, und hielt ihn durch Fragen hin.

Raumwechsel

STEFFEN. Na, sehen Sie, das ist doch ganz einfach: Sie treten auf dem Aktienmarkt als der Käufer der Baumann-Minorität auf.

MANAGER. Aber ich habe doch gar nicht das Geld dazu.

STEFFEN. Die erforderliche Summe strecken wir Ihnen vor.

MANAGER. Und wie würde ich sie zurückzahlen – gesetzt den Fall, ich ginge auf dieses Angebot ein?

STEFFEN. Das ist doch nur eine Formalität. Wir machen das mit einem einfachen Schuldschein, auf den Sie uns in den nächsten zwanzig Jahren nur die Zinsen zu bezahlen haben, sagen wir $2^1/_2$ Prozent.

MANAGER. Und worin würde meine tatsächliche Gegenleistung bestehen? Ich nehme doch nicht an, daß mir die Rölling-Zoch AG meiner schönen Augen wegen plötzlich eine Kapitalbeteiligung bei Baumann schenken will.

STEFFEN. Nein, natürlich nicht. Sehen Sie, wir denken auf ziemlich lange Sicht. Geheimrat Baumann ist achtzig, er wird es vielleicht noch zwei, vielleicht noch fünf Jahre machen. Wenn er stirbt, zersplittert die Familienmajorität sofort in zwanzig kleine Interessengruppen, die sich spinnefeind sind. Dann kann man die Majorität erwerben und dann brauchen wir einen Mann mitten im Baumann-Lager, der bereit ist, die Fusion mit Rölling-Zoch zu vollziehen. Haben Sie kapiert?

Raumwechsel

MANAGER. Ich hatte kapiert. Fast abwechselnd beobachtete ich, wie der Herr an Mary Lous Tisch aufstand und wegging, mit einem geröteten und peinlich berührten Gesicht – Mary Lou konnte ziemlich gefühllos sein. Ich hatte kapiert, daß dies meine Stunde war, die Stunde, in der ich mir die Hände schmutzig machen konnte, um Macht zu erwerben. Ich war mit 32 Jahren bereits Verkaufsdirektor eines der größten Unternehmen meiner Branche, aber es war ein Aufstieg aus Tüchtigkeit, Begabung und Intelligenz gewesen. Wenn ich Steffens Angebot annahm, würde berufliche Tüchtigkeit umschlagen in Handhabung von Macht.

Raumwechsel

Ehe ich mich entscheide, Herr Steffen, möchte ich gerne wissen, warum Rölling-Zoch sich entschlossen hat, mit diesem Vorschlag gerade zu mir zu kommen?

STEFFEN. Weil wir Sie für den fähigsten Mann in Ihrer Firma halten. Den Mann, der am klarsten erkennt, daß die Zukunft der Industrie in der Konzern-Bildung liegt.

Raumwechsel

MANAGER. Er sagte mir noch mehr Schmeichelhaftes. Er

schmierte es mir ganz dick aufs Brot. Aber ich wußte schon, was die Phrase »Der fähigste Mann« zu bedeuten hatte. Sie bedeutete: Der käuflichste Mann. Und Steffen bestätigte es mir versehentlich, ehe er ging. Als ich ihn fragte, wie ich es Geheimrat Baumann erklären solle, daß ich plötzlich im Besitz von Aktien sei, erwiderte er:

Raumwechsel

STEFFEN. Sie brauchen gar nichts zu erklären. Und wenn Sie wirklich Bedenken haben, dann können Sie sich ja selber noch einen Strohmann suchen.

Raumwechsel

MANAGER. Einen Strohmann – das war es, was sie brauchten. Ich sah ihm haßerfüllt nach, als er das Bristol verließ. Ich dachte: wenn ich darauf eingehe, wird Steffen der erste sein, den ich über die Klinge springen lasse. Er wird sich noch wundern, was für einen Strohmann ich abgebe. Wir hatten vorher noch vereinbart, daß ich ihn im Laufe des nächsten Tages anrufen würde, um ihm meine Entscheidung mitzuteilen.

Pause

Dann ging ich zu Mary Lou hinüber und wir fuhren zusammen nach Sakrow und aßen Forellen und tranken Weißwein und dann fuhren wir zu Mampe und tranken Punsch, und in der Nacht lag ich wach, ich unterschied undeutlich die Gegenstände in dem kleinen, komfortablen Hotelzimmer, und auch Mary Lou lag wach, wir sprachen miteinander, nicht mit Worten, sondern mit Gedanken, und unser Zwiegespräch lautete ungefähr so:

Pause

Raumwechsel

MARY LOU. Du warst heute nicht sehr zärtlich zu mir. Nicht wie sonst.

MANAGER. Ich weiß. Ich habe heute überhaupt nicht an dich gedacht.

MARY LOU. Woran denn?

MANAGER. An die Macht.

MARY LOU. Ist sie so wichtig?

MANAGER. Sie ist sehr wichtig.

MARY LOU. Ich finde es netter, wenn du zärtlich bist. Zärtlich und genießerisch. Und wenn du mir das Geld ein bißchen verlegen gibst, so, als wolltest du dich noch dafür entschuldigen.

MANAGER. Heute habe ich zuallererst daran gedacht, daß ich dich gekauft habe.

MARY LOU. Oh pfui!

MANAGER. Sag das noch einmal!

Raumwechsel

Pause

Sie sagte es noch einmal und nachher rauchte sie im Dunkeln und auch ich tastete plötzlich nach ihrer Zigarettenschachtel und rauchte. Ich war bis dahin Nichtraucher gewesen, ein tüchtiger, intelligenter Nichtraucher mit dem Aufstieg eines Nichtrauchers, aber am nächsten Tag rief ich Steffen an und ergriff die Macht, ich wurde der unbequemste Strohmann, den sich die Rölling-Zoch AG jemals geholt hat, ich schaltete Steffen aus und nun bin ich schon seit Jahren Generaldirektor von Rölling-Zoch, der mächtigste Mann im Laden, und ich begann zu rauchen, in gewissen Zeiten war ich Kettenraucher

Pause

und das ist der Grund, warum ich heute früh geflohen bin, mein Haus verlassen habe, warum ich jetzt hier sitze, in einem fashionablen Hotel in Baden-Baden, im Angesicht der Schwarzwald-Tannen vor einem Glas Campari, und bis vor ein paar Stunden noch fest entschlossen, die letzten Monate meines Lebens allein zu verbringen, allein und ohne die Macht: mit ein paar Landschaften und ein paar Städten, mit Blicken, mit letzten Illusionen und mit der großen Agonie.

Pause

Es hat ganz klein begonnen; viele Jahre nach der ersten Zigarette, in den Jahren nach dem Krieg war's, so um 1947 herum, oder 1948, daß ich zum erstenmal etwas spürte. Es war nicht mehr als ein feines, undeutliches Kratzen, so, als hätte ich eine ganz kleine Stecknadel in der Brust und als riebe sich etwas an ihrer Spitze, so daß ich husten mußte, nein, nicht husten, sondern ich mußte mich nur ein bißchen räuspern, das hielt sich lange so, über Jahre, es wurde eine Angewohnheit, manchmal verschluckte ich mich auch, und 1952 ließ ich mich operieren, ein kleiner Tumor, sagten die Ärzte damals, nichts Schlimmes, damit können Sie neunzig werden, und es war auch wirklich eine lange Zeit hindurch gut, ich mußte mich nur noch selten räuspern, bis 1954 oder 1955, da begann das Kratzen wieder, ich spürte wieder die Stecknadel. Von da an habe ich nichts mehr dagegen getan und es verlief so, wie ich es erwartete: es blieb noch eine lange Zeit hindurch konstant, ich schränkte das Rauchen ein und ich trank Milch und machte ein bißchen autosuggestives Training – man ahnt gar nicht, wie lange man sich mit Autosuggestion halten kann –, aber vor einem halben Jahr breitete sich das, was ich ›das Gefühl‹ nenne, in meiner Brust aus, ich hatte ein Gefühl der Schwere in der Brust, und als ich zu Professor Wiesner ging und er mich untersuchte, redete er eine Weile um den heißen Brei herum, aber ich forderte die Wahrheit von ihm, die Wahrheit und die Geheimhaltung, auf seinen hippokratischen Eid, und schließlich sagte er sie mir: Lungenkrebs in fortgeschrittenem Stadium. Er schlug mir verschiedene Behandlungsmethoden vor, aber ich fragte ihn nach der voraussichtlichen Lebensdauer und erfuhr, daß ich noch ein halbes Jahr bis ein Jahr zur Verfügung hätte; ich brauchte ein paar Monate, um alles für meinen Ausbruch vorzubereiten, und nun hätte ich, wenn alles gut gegangen wäre, noch ein schönes halbes Jahr vor mir gehabt. Ein halbes Jahr ohne die schmutzigen Hände und ohne die Dame, mit der ich verheiratet bin, ein halbes Jahr ohne die Macht und das Haus, ein halbes Jahr allein.

Pause

Es ist aber nicht gut gegangen. Es ist schief gegangen. Wenn man an das Todesurteil denkt, das ich in der Tasche habe, wird man vielleicht verstehen, warum ich heute morgen die Flucht ergriff, die Fahrerflucht, von Entsetzen geschüttelt, als ich das Gesicht des Mädchens erblickte, das Gesicht einer Toten. Denn es war das Gesicht einer Toten, das mich anstarrte, als ich einen Moment lang bremste und anhielt; das Gesicht des Todes, mit verdrehten Augen und bläulich geplatzter Schläfe, jener Schläfe, die ich, im Hundert-Kilometer-Tempo fahrend, an einen Baum geschmettert hatte. Ich habe hinter ihr gehupt und sie muß erschrocken sein, sie geriet mit dem Fahrrad ins Schwanken und ich erfaßte sie mit dem rechten Kotflügel und schleuderte sie förmlich durch die Luft, und dann hielt ich.

Pause

Und dann fuhr ich weiter. Ich dachte nur: das kann

doch nicht wahr sein, und ich dachte: ich will mein halbes Jahr, mein halbes Jahr Frist.

Pause

In dieser Minute, vor einem Glas Campari sitzend, weiß ich, daß ich zweimal in meinem Leben die Kontrolle über mich selbst verloren habe. Das erstemal, als ich nach Mary Lous Zigarettenschachtel griff. Das zweitemal, als ich heute besinnungslos davonfuhr, nachdem ich dieses Mädchen getötet hatte. Und ich spüre, daß diese beiden Handlungen miteinander zusammenhängen. Ich kann mir nicht recht erklären, in welcher Weise sie zusammenhängen, aber sie hängen zusammen.

Pause

Mein halbes Jahr ist aus. Es wird keine Landschaften und Städte geben, keine Blicke, keine letzten Illusionen. Es wird nur den Blick in ein Paar verdrehte Augen geben, den illusionslosen Anblick einer bläulich gefärbten Schläfe, das Aug-in-Auge mit der Sinnlosigkeit.

Pause

Dieser Mensch an der Tankstelle wird mich vielleicht anzeigen. Wenn er erfährt, um was es sich handelt, wird er mich anzeigen, um nicht mit drin zu hängen, falls die Polizei mich auf anderem Wege ermittelt. Er muß meine Autonummer haben.

Pause

Aber ich werde es trotzdem riskieren, mich nicht zu melden. Das Mädchen ist tot, und ich werde in einem halben Jahr tot sein. Oder eher. Es ist niemandem damit gedient, daß ich mich selbst anzeige. Ich kann die

Verwandten des Mädchens ermitteln und sie in einem Zusatz-Legat meines Testaments bedenken, falls sie es nötig haben. Wer dieses Mädchen wohl war? Sie tut mir leid.

Pause

Aber merkwürdigerweise empfinde ich keine Reue. Ich habe nicht das Bedürfnis, Buße zu tun. Und das allermerkwürdigste ist es, daß mich, vor meinem Campari sitzend, die Aussicht beinahe befriedigt: die Aussicht, noch ein halbes Jahr ausharren zu müssen, ohne alle Illusionen, Aug in Auge mit der Sinnlosigkeit.

III.

ANSAGER. Drei Leute haben mit der Sache zu tun. Nummer drei: das Mädchen.

Pause, Jazzcombo

SPRECHERGRUPPE.
Schloßplatz
Ecke Parkallee
Kastanien und grauer Sandstein
Leder und Juwelen
Armbanduhren und Hüfthalter
in Chrom eingefaßt
und hinter Glas.
Geflüster und Intrigen
Fräulein Müller ist im Wagen des Juniorchefs gesehen worden.
Leichte Preiserhöhung bei Hemden
Die neue Lippenstiftfarbe heißt
›Bleiches Korallenrot‹.

Die Korallenriffe
werden für die Pan American Airlines
in Chrom gefaßt.
Sie werden von niemand mehr erblickt
außer vom Bromsilber
des Fotopapiers.
Das Alte Schloß ist soeben in Kunstgewerbe verwandelt
worden.
Man trägt Schwarz
und jene satte Unruhe
wie sie der Devisenbestand
der Bank deutscher Länder
verleiht.
Im Glas spiegeln sich
Kastanien und grauer Sandstein
Korallenrot
Schwarze Unruhe
Intrigen
Preiserhöhungen
und Bromsilber-Chrom:
die Welt ist eine Fotografie.

Noch ein paar Takte Musik, dann Pause

MÄDCHEN. Die Anni sagt immer, ich sei unnatürlich, weil ich mir nichts aus den ganzen Sachen mache, die wir im Laden haben. Aus den Nylonblusen und den Strümpfen und der feinen Wäsche. Aber ich finde die Anni blöd, weil sie sich für überhaupt nichts anderes interessiert. Der Chef hat mich in die Herrenabteilung gesteckt, weil ich mit den Herrensachen viel mehr anfangen kann, mit den festen ordentlichen Stoffen, aus denen die Sachen für Männer gemacht werden, so ein richtiges englisches Tweedjackett zum Beispiel finde ich wunderbar, oder eine Hose aus dickem Männerflanell oder Kammgarn – am liebsten würde ich mich anziehen wie ein Mann. Der Chef hat gelacht, als er es hörte, und er hat gesagt: »Komisch – dabei sehen Sie gar nicht aus wie ein Mann!« Und er hat gesagt: »Sie sind ja unbezahlbar für meine Herrenabteilung – jemand, der so wenig wie ein Mann aussieht und sich dabei so für Herrengarderobe interessiert!« Seitdem verkaufe ich Tweedjacketts und Flanellhosen und Herrenhemden, und ich mag Männer nicht, die Nylonhemden oder Popeline-Jacketts oder Kunstseidekrawatten kaufen, Männer sollten Sachen aus Wolle oder Baumwolle oder Leinen oder hartem festen Gabardine oder Cord anziehen. Und Frauen eigentlich auch. Ich rate den Herren immer zu den festen guten Qualitäten, und wenn sie über die Preise stöhnen, dann zeige ich ihnen den Unterschied zwischen einem wertvollen, festen, dicht geschlagenen Wollstoff und einem billigen, lockeren Mischgewebe, und beweise ihnen, daß sie billiger kaufen, wenn sie teuer kaufen. Ich selbst habe mir ein Kostüm aus einem dünnen grauen und erstklassigen Tweed machen lassen, und darunter trage ich weiße Leinenblusen, Blusen aus ganz leicht nach Gelb hinüberspielendem Weiß, die sehr gut zu meinem braunen Teint passen, und meine schwarzen Haare habe ich straff nach hinten gekämmt und ganz hoch am Kopf zu einem Pferdeschwanz zusammengebunden. Ich bin nur ein Lehrmädchen, aber ich habe schon Stammkundschaft, der Chef behandelt mich wie ein rohes Ei und die Direktrice der Herrenabteilung ist sehr freundlich zu mir, ein kleines bißchen giftig, aber freundlich. Und wahrscheinlich mag sie mich sogar ganz gern.

Pause

Ich habe Stammkunden, aber sie interessieren mich nicht sehr, obwohl ich weiß, warum sie zu mir kommen. Warum sie sich von mir beraten lassen, obwohl ich so jung bin. Ich kann sie um den Finger wickeln – aber ich verstehe auch etwas von Stoffen; ich habe die Materialkunde schnell gelernt. Manchmal kommandiere ich die

Kunden einfach herum, das macht mir Spaß, aber eigentlich interessieren sie mich nicht. Was mich interessiert, das sind die Stoffe. Aber heute abend ist ein Kunde gekommen, der hat mich interessiert.

Pause

Manchmal frage ich mich selber, ob es stimmt, was die Anni sagt: daß ich unnatürlich bin, weil ich nichts mit den feinen Damensachen anfangen kann. Ich finde es nur einfach blöd, daß ich Nylonstrümpfe tragen muß, und feine Wäsche, und daß ich wissen muß, welche Nagellackfarbe zu meiner Haut paßt. Übrigens verstehe ich auch davon mehr als die Anni, die ihre Nägel mit einem ganz unmöglichen Rot anstreicht, und einen Haufen Geld für ihre scheußlichen Frisuren ausgibt. Ich möchte anders sein. Ich möchte hart und fest und sauber sein, wie ... wie ...

Pause

Einmal, als ich gerade einen Kunden bediente, habe ich den Chef, der mich beobachtete, zur Direktrice sagen hören: »Sie ist ein kleines Biest!« Seitdem weiß ich, wie ich sein möchte. Ein Biest – das ist doch ein Tier. Oh ja, ich möchte wie ein kleines, hartes, festes, sauberes Tier sein. Ich liebe Tiere. Am liebsten habe ich Pferde. Einmal habe ich Pferde ganz nah gesehen, auf dem Land, in einem Stall. Ich hatte nicht die geringste Furcht vor ihnen. Da war ein junges Pferd, kein Fohlen mehr, sondern schon eine junge Stute; ich habe gewartet, bis die anderen, mit denen ich aufs Land gefahren war, den Stall verlassen haben, und dann bin ich zu der jungen Stute hingegangen und habe ihre Schnauze umarmt. Sie roch wunderbar und ihr Fell war hart und sauber und ganz glatt und ich dachte: ich möchte so ein Fell tragen. Als ich die Stute losließ, stand ein Stallknecht neben mir und sagte: »Na, Sie sind scheint's an Pferde gewöhnt, Fräuleinchen.« Ich bin gar nicht an Pferde gewöhnt, aber seitdem ist es mein heißester Wunsch, reiten zu können, ich weiß, ich würde eine wunderbare Reiterin werden, aber natürlich ist gar nicht daran zu denken, mein Vater ist ein kleiner Postbeamter, und nach der Volksschule mußte ich ein Lehrmädchen werden. Vielleicht werde ich einmal so viel Geld verdienen, daß ich Reitstunden nehmen kann, oder vielleicht heiratet mich ein Reicher, aber dann wird es zu spät sein. Jetzt müßte ich anfangen, zu reiten, jetzt, solange noch dieser rasende Wunsch in mir ist, aus einem gepflegten kleinen Biest von Ladenmädchen ein hartes, sauberes, glattes Tier zu werden, eine feste kleine Stute mit einem Stutenfell.

Pause

Damit hängt es zusammen, daß mich der Kunde heute abend gleich so interessiert hat.

Pause, Jazzcombo

SPRECHERGRUPPE.

Kentucky
Blaue Weide
Riesige rote barns
manchmal von Tornados getroffen.
Vollblut in Herden
Rappen
in blauem Gras.
Das harte Knappern
des weidenden Pferdemauls.
Orlando, Sieger des Derbys von Saratoga,
allein hinter weißem Staketenzaun.
Geruch von Sätteln
und Buchmacherei.

Gary Cooper, ehe er nach Hollywood ging,
und Henry Wallace, die Chancen einer sozialistischen
Agrarpartei erwägend
und verwerfend.
Die letzten Liberalen
und die Männer von Peitsche und Sporen.
Die Freiheit
neben der Gesetzlosigkeit.
Das Gefühl des Reitens
im Vergleich zum Gefühl des Gehens.
Man schwebt,
das Fell der schwarzen Stute
zwischen den Schenkeln
über blauen Weiden.
Kentucky.

Noch ein paar Takte Musik, dann Pause

MÄDCHEN. Der Kunde war ein Chinese. Ein amerikanischer Chinese. Unser Geschäft ist am Bahnhofsplatz und wir haben alle Arten von Kunden. Auch amerikanische Chinesen habe ich schon öfters bedient. Die Amerikaner nennen sie ›Chincks‹. Dieser Chinck war jung. Er verlangte ein Nylonhemd. Ich legte ihm Nylonhemden vor und ein paar Leinenhemden daneben und fragte ihn, ob er nicht lieber ein Leinenhemd wolle, aber er sagte ganz ruhig, er zöge Nylonhemden vor – er sprach ein ziemlich gutes Deutsch –, und er sagte es so, daß ich auf einmal fühlte, es wäre Unsinn, ihm noch länger von Leinenhemden zu sprechen. Er war also eigentlich gar nicht mein Fall, aber während ich sonst, wenn ich einen Kunden bediene, zugleich beobachte, was alles noch im Laden vorgeht, sah ich diesmal nur diesen Chinck und sonst nichts. Dabei tat er überhaupt nichts, um meine Aufmerksamkeit zu erzwingen, sondern er prüfte nur die Hemden, er sah mich kaum an, und als er ein Hemd gewählt hatte und ich ihm den Kassenzettel gab, fragte er, wann wir Geschäftsschluß hätten, ob er mich nach Geschäftsschluß abholen und mich zum Abendessen einladen dürfe. Es war nicht das erstemal, daß mir ein solches Angebot gemacht wurde, und ich muß zugeben, daß ich auch schon ein paarmal solche Angebote angenommen habe, aber es war nie so, daß ich es mir nicht genau überlegt hatte, ehe ich ja sagte. Diesmal habe ich es mir nicht überlegt. Ich hatte einfach keine Möglichkeit, es mir zu überlegen, denn der junge Chinese sprach mit einer kühlen Selbstverständlichkeit, wie ich sie noch nie erlebt habe. Sonst, wenn mir ein solcher Vorschlag gemacht wird, sind die Männer entweder verlegen, oder sie machen sich stark, oder sie witzeln oder tun falsch väterlich. Dieser hier stellte einfach nur seine Frage, kühl und sachlich, aber unter seiner kühlen Höflichkeit spürte ich etwas, das sich anfühlte wie Stahl, und ich sagte, wir schlössen um sechs. Er sagte, er würde da sein, und dann ging er zur Kasse, ich brachte das Hemd zum Packtisch, und dann ging ich rasch einen Augenblick nach hinten. Die Anni sah mich und sagte, ich sähe aus, als hätte ich soeben ein Gespenst gesehen.

Pause

Als ich um zehn nach sechs aus dem Geschäft kam, stand er da. Er hatte einen Anzug aus blauer Rohseide an und das neue Nylonhemd – er ist überhaupt nicht mein Fall, dachte ich, er ist genau so angezogen, wie Männer nicht angezogen sein sollten, aber es war zu spät – und wir gingen zu seinem Auto. Er hatte einen mächtigen, knallroten, verbeulten alten Chevrolet. Wir setzten uns rein und er stellte sich vor. »Wong«, sagte er, »Jimmy Wong.« Ich nannte meinen Namen. Während er fuhr, konnte ich ihn beobachten: er war ziemlich jung und unter der Rohseide und dem Nylon war er mager und hart, obwohl er eine gelblich-braune Haut hatte, die so glatt war wie seine Rohseide. Es war scheußlich heiß heute abend, aber seine Haut war vollständig trocken; kühl, aufmerksam und beweglich lenkte er das Auto durch den Stoßverkehr. Er fragte mich nicht, wo wir hin wollten, sondern er fuhr zum Restaurant Schönblick, und es stellte sich heraus, daß er einen Tisch bestellt hatte. So etwas war mir noch nie passiert und ich fand es riesig nett.

Pause

Er hatte auch schon das Menü bestellt. Es gab Weinbergschnecken und gedünstetes Kalbfleisch mit gebratenen Bananen und Reis, und hinterher Cassata. Wir tranken Weißwein dazu. Ich protestierte.

Raumwechsel

Sie dürfen nicht soviel Geld ausgeben für mich!
WONG. Solange ich hier bei der Armee bin, habe ich Geld genug.
MÄDCHEN. Wie lange müssen Sie noch Soldat sein?
WONG. Drei Monate.
MÄDCHEN. Und dann?
WONG. Zurück nach den Staaten.
MÄDCHEN. Wo sind Sie zu Hause?
WONG. Kentucky.
MÄDCHEN. Und was werden Sie machen, wenn Sie wieder in Kentucky sind?
WONG. Ich bin Jockey.

Raumwechsel

MÄDCHEN. Da wußte ich, warum ich auf diesen Kunden hereingefallen war. Er war ein Mann, der mit Pferden zu tun hatte, und ich muß es gespürt haben. Er kam von den Pferden her auf mich zu.

Raumwechsel

WONG. Ich eigne mich sehr gut zum Jockey, müssen Sie wissen, weil ich so klein und leicht bin und trotzdem sehr stark. Da – fühlen Sie mal!

Raumwechsel

MÄDCHEN. Er bog seinen rechten Arm ab, ganz ungeniert, und ich faßte die Muskeln seines Oberarms an. Es war, als berührte ich eine mit Rohseide überzogene Stahltrosse.

Raumwechsel

WONG. Ich bin eigentlich aus San Franzisko, meine Eltern haben dort eine Wäscherei, aber eines Tages lernte ich einen Mann kennen, der mich mitnahm nach Kentucky. Er sagte, ich gäbe einen wunderbaren Jockey ab, so wie ich gebaut sei. In Kentucky gibt es eine Masse Pferde. Der Mann, der mich mitnahm, ist ein großer Züchter, er hat auch ein Renngestüt und er »baut mich auf«, wie sie dort sagen. Für die großen Rennen bin ich noch zu jung, aber in ein paar Jahren ist es soweit und dann werde ich viel Geld verdienen.

Raumwechsel

MÄDCHEN. Ich wurde ganz traurig, als er mir von den Pferden in Kentucky erzählte, aber ich brachte es nicht über mich, ihm etwas von meiner Liebe zu Pferden zu sagen, es hätte albern geklungen, einem Jockey zu erzählen, daß ich ein einziges Mal die Schnauze einer Stute umarmt habe. Ich traute darum meinen Ohren nicht, als ich ihn sagen hörte:

Raumwechsel

WONG. Ich werde Sie ein bißchen trainieren.
MÄDCHEN. *Was* wollen Sie tun?
WONG. Ich werde ein bißchen mit Ihnen arbeiten.
MÄDCHEN. Sie meinen ... mit Pferden?
WONG. Ja, mit Ihnen und Pferden.
MÄDCHEN. Wie kommen Sie denn auf *die* Idee?
WONG. Weshalb glauben Sie denn, daß ich Sie heute abend eingeladen habe? Natürlich auch, weil Sie mir gefallen. Aber als Sie mit Ihren scheußlichen Leinenhemden anfingen, habe ich Sie mir angesehen. Sie würden eine sehr gute Reiterin abgeben.
MÄDCHEN. So – und woran sieht man das?
WONG. Sie sind nicht sehr groß, schlank und fest gebaut. Sie haben relativ lange Beine und einen kurzen Oberkörper. Sie sind jetzt nicht sehr kräftig, aber im Training werden Sie kräftig werden. Ihre Hände sind hart und zugleich sieht man, daß sie fühlen können. Sie haben einen guten Geruch an sich, nicht nur ein Parfüm. Pferde lieben es, wenn der Reiter gut riecht.

Raumwechsel

MÄDCHEN. Ich war starr. Er hatte mich also von oben bis unten taxiert, vorhin, im Laden. Es war ziemlich unverschämt. Aber es war zugleich außerordentlich angenehm. Noch nie hatte ein Mann so mit mir geredet.

Raumwechsel

Aber ich habe bisher nichts mit Pferden zu tun gehabt.
WONG. Ja, es wird höchste Zeit, daß Sie anfangen.
MÄDCHEN. Wie denn anfangen?
WONG. Ah, es wird furchtbar langweilig sein für Sie. Versprechen Sie sich nur nicht zuviel davon. Sie müssen zuerst nur Gymnastik am Pferd machen und ich werde Ihr Pferd an die Longe nehmen und immer im Kreis herumführen. – Wann beginnt Ihre Arbeitszeit?

MÄDCHEN. Morgens um neun.

WONG. Ausgezeichnet. Dann können wir von sechs bis sieben Uhr miteinander arbeiten. Das läßt Ihnen zwei Stunden Zeit, auszuruhen, zu frühstücken und sich fürs Geschäft umzuziehen. Ich habe, glaube ich, ein Paar alte Reithosen für Sie, die Ihnen passen könnten.

Raumwechsel

MÄDCHEN. Ich war während unseres Gesprächs und bin jetzt noch entsetzt darüber, daß ich mich ohne jede Gegenwehr allem gefügt habe, was er vorschlug. Ich hätte wenigstens so tun müssen, als zögerte ich. Aber er ist ein Mann, bei dem man fühlt, daß es sinnlos ist, die üblichen Tricks anzuwenden. Er ist ein Mann, der ein Nylonhemd kauft, wenn er sich entschlossen hat, ein Nylonhemd und nichts anderes zu kaufen. Dabei ist er gar nicht herrisch. Er ist von kühler, bestimmter Höflichkeit. Vielleicht bin ich auf ihn hereingefallen, weil er natürlich etwas Exotisches an sich hatte; er war genauso, wie man sich einen Chinesen vorstellt. Ich war wie hypnotisiert von ihm.

Pause

Und dann hatte ich natürlich das Gefühl, daß etwas auf mich zukam. Die Pferde kamen auf mich zu. Aus China und Kentucky kamen die Pferde auf mich zu und trabten in mein Ladenmädchen-Dasein hinein und zerfetzten mit ihren Hufen die Nylonstrümpfe und die feine Wäsche im Laden meines Chefs, und ich trabte schwesterlich mit ihnen, ich wurde aus einem gepflegten kleinen Ladenmädchen zu einer harten, schwarzen kleinen Stute – einer Stute an der Longe von Jimmy Wong.

Pause

Ich raffte mich zu einem matten Widerstand auf. Er konnte ja auch ein Schwindler sein.

Raumwechsel

Ich denke, Sie sind bei der Armee? Läßt Ihnen der Dienst denn soviel Zeit?

WONG. Wozu, glauben Sie, verwendet die Armee einen Mann wie mich? Ich bin zum Reitstall des Hauptquartiers abkommandiert. Und sie lassen mich machen, was ich will. Ich kann Sie natürlich nicht dort trainieren, das wäre gegen die regulations. Aber ich arbeite morgens in einem kleinen deutschen Stall, für mich privat, sie haben da ein paar erstklassige Hannoveraner, der General ist mit der deutschen Dame befreundet, der der Stall gehört – also da kann ich Sie morgens eine Stunde mit hineinnehmen.

Raumwechsel

MÄDCHEN. Ich kapitulierte. Ich fühlte mich wie eines von den Mädchen, die zum Film wollen und zum erstenmal von einem Produzenten eingeladen worden sind. Der Unterschied war nur, daß Jimmy Wong gar nicht wissen konnte, wie scharf ich auf das war, was er mir anbot. Und er benahm sich nicht so, wie man sagt, daß sich Filmproduzenten benehmen. Er fuhr mich nach Hause, und als wir angekommen waren, blieb er am Steuer sitzen, ich dachte, jetzt geht es los, jetzt wird er versuchen, mich zu küssen, wie es die anderen, mit denen ich ausgegangen bin, auch immer versucht haben, aber er tat nichts dergleichen, sondern er fragte plötzlich:

Raumwechsel

WONG. Können Sie Chop-Suey kochen?

MÄDCHEN. Nein. Ich habe es einmal gegessen, im Chinesischen Restaurant, aber ich weiß nicht, wie man es macht.

Wong. Es ist ganz einfach. Sie brauchen dazu Hühnerfleisch, Schweinefleisch, Schinken und Speck.

Mädchen *spöttisch.* Ziemlich einfach.

Wong. Sie müssen diese vier verschiedenen Fleischsorten jede für sich in Öl backen. In Öl oder auch in Speck. Und mit Sojabohnen-Extrakt.

Mädchen. Man muß also möglichst vier verschiedene Pfannen haben?

Wong. Wir haben dafür kleine Tiegel. Sie sind sehr hübsch.

Mädchen. Und dann?

Wong. Dann schneidet man Paprikaschoten, Lauch und Zwiebeln in längliche Streifen und dünstet sie, jede für sich, mit Sojabohnen-Extrakt.

Mädchen. Ich zähle bereits sieben von Ihren hübschen kleinen Tiegeln.

Wong. Am Schluß, wenn das Fleisch fertig gebacken und die Gemüse fertig gedünstet sind, mischt man den Inhalt der sieben Tiegel. Aber es darf kein Brei entstehen. Nicht das, was Sie, glaube ich, ›Eintopf‹ nennen. Die Bestandteile müssen sauber voneinander getrennt bleiben.

Mädchen. Eine nette kleine Aufgabe für eine Meisterprüfung im Kochen!

Wong. Man mischt das Ganze mit Öl, Weißwein und mit etwas Curry-Sauce.

Mädchen. Auch das noch!

Wong. Öl und Weißwein tut man schon vorher während des Backens und Dünstens in die kleinen Tiegel. Nur die Curry-Sauce fügt man erst am Schluß dazu. Es kommt bei Chop-Suey sehr darauf an, daß man die Mischung trifft.

Mädchen. Ja, das scheint mir auch.

Wong. Es ist viel leichter als Reiten. Als gut Reiten, meine ich. Ich werde einmal für Sie Chop-Suey kochen. Ich weiß, daß Sie es schnell lernen werden.

Raumwechsel

MÄDCHEN. Mich überlief eine kleine Gänsehaut, als ich ihn das sagen hörte. Er schien ziemlich viel von mir verlangen zu wollen. Und das Tollste war die Selbstverständlichkeit, mit der er sprach. Als sei es schon abgemacht, daß ich lernen werde, Chop-Suey zu kochen. Chop-Suey-Kochen schien mir übrigens das Gegenteil von Reiten zu sein; es hatte irgendwie mit der anderen Seite meines Lebens zu tun, mit meiner gepflegten, kultivierten Verkäuferinnen-Existenz, damit, daß ich wußte, welche Nagellackfarbe ich zu wählen hatte und welche Stoffe zu meiner Haut paßten. Und Jimmy Wong schien von mir zu verlangen, daß ich beides sein solle: die glatte schwarze Stute und die raffinierte kleine Frau. Es war alles ziemlich schwierig für mich zu begreifen, und ich begriff es auch gar nicht, ich fühlte es nur. Ich begreife es jetzt, während ich im Bett liege und versuche einzuschlafen, damit ich morgen früh frisch bin.

Pause

Ehe wir uns verabschiedeten, erklärte er mir noch, wo ich morgen früh hinkommen müsse. Der Reitstall war in Leonberg, und das ist ein ziemlich weiter Weg aus der Stadt heraus. Er sagte, er wolle mich so oft wie möglich mit dem Auto abholen und hinbringen, aber morgen früh ginge es nicht, weil er seinen Wagen für morgen einem Freund versprochen habe. Ich überlegte, wie ich hinauskäme, und mein altes Fahrrad im Keller fiel mir ein.

Raumwechsel

Ich werde mit dem Fahrrad kommen.
WONG. Kennen Sie die Straße?
MÄDCHEN. Ich kenne den Stadtwald sehr gut.

WONG. Kurz vor Leonberg müssen Sie aufpassen. Man hat eine neue Zubringerstraße zur Autobahn gebaut, und die Abzweigung ist schlecht markiert. Man fährt fast automatisch in die Zubringerstraße hinein, wenn man nicht aufpaßt. Mir selber ist es schon zweimal passiert.

MÄDCHEN. Ich werde aufpassen.

Raumwechsel

Wir sagten uns gute Nacht und ich stieg aus. Er fuhr weg, noch ehe ich die Haustüre geöffnet hatte. Ich ging rauf, Mutter war noch auf, und ich ließ mir von ihr den Kellerschlüssel geben und erzählte ihr alles, sie schüttelte zwar den Kopf, aber es imponierte ihr, daß Jimmy Wong sonst nichts von mir gewollt hatte. Sie versteht nicht, daß er viel mehr von mir will als die anderen. Das Fahrrad im Keller hielt die Luft, als ich es aufpumpte.

Pause

Und nun liege ich im Bett und kann nicht einschlafen, weil ich mir vorkomme wie im Märchen. Und wie beim Märchenerzählen, früher, habe ich ein bißchen Angst. Ich schaue von Zeit zu Zeit auf die Uhr, und ich erschrecke darüber, wie spät es schon ist. Halb zwei. Jimmy Wong. Ich muß reiten und Chop-Suey kochen lernen.

Pause

Ich muß aufpassen, daß ich nicht auf die Zubringerstraße Autobahn gerate, morgen früh.

Pause

Ach so, es ist ja schon morgen früh.

IV.

Ansager. Drei Leute hatten mit der Sache zu tun: der Tankwart, der Manager, das Mädchen. Für den Manager und das Mädchen ist die Sache abgeschlossen. Für den Tankwart noch nicht. Befassen wir uns noch einen Augenblick mit ihm.

Raumwechsel

Tankwart. Ich war nach Arbeitsschluß in der Rotebühlstraße, auf der Nummernkartei, und ich weiß jetzt, wem der Wagen SU 866 gehört. Ich habe eine schlaflose Nacht verbracht, jetzt sitze ich wieder im Tankstellen-Büro, es ist sechs Uhr morgens und ich weiß, daß dies der letzte, aber schon wirklich der allerletzte Termin ist, an dem ich mich melden und Sachdienliches mitteilen kann. Wenn ich jetzt anrufe und sage, wie es gewesen ist, werden sie mich zwar anschnauzen, aber sie werden mich straffrei ausgehen lassen.

Pause

Es ist ganz selbstverständlich anzurufen. Es gibt überhaupt keinen Grund, warum ich nicht sofort nach dem Hörer greifen und der Kriminalpolizei alles mitteilen sollte. Es ist sogar unbedingt notwendig, denn wenn sie den Kerl ohne meine Hilfe fassen, und er erzählt, wie er weg kam, dann hänge ich wegen Hehlerei schwer mit drin.

Pause

Das nette Mädchen! Ihr Bild war in den Abendzeitungen. So ein Schweinehund – der Herr Generaldirektor! Das können sie, diese großen Herren – uns Kleine überfahren und dann abhauen.

Pause

Worauf warte ich noch? Darauf, daß es aufhört, in mir zu sagen: du bist ein verdammter Feigling? Ach, es wird nie aufhören. Nie werde ich aufhören, mir vorzuwerfen, daß ich den Oberfeldwebel Heiß nicht umgelegt habe. Daß ich den Hundertmarkschein genommen habe. Und daß ich jetzt, in dieser Minute, weiß: wenn ich den Hörer abnehme, bleibe ich, was ich war: ein Feigling. Die Anzeige bei der Polizei löscht nicht aus, daß ich gekuscht habe. Sofort und auf der Stelle gekuscht, als ich die Macht spürte. Die Anzeige bei der Polizei setzt meine Feigheit fort: sie ist die Rache eines Feiglings. Ich selbst bin der Oberfeldwebel Heiß.

Pause

Ich zögere, weil ich weiß, ganz tief drinnen weiß, daß mein Schweigen die Kette meiner Angst zerreißen würde. Ich wäre allein – allein mit meiner Tat.

Pause

Wenn ich nur wüßte, was ich tun soll?

Pause

Soll ich anrufen?

Pause

Soll ich schweigen?

Pause, Jazzcombo setzt langsam ein

SPRECHERGRUPPE.
Autobahnausfahrt Stuttgart Nord
Zubringerstraße

Tankstelle in fadem Grünzeug
Angst und Hitze
Lungenkrebs und Kristallglas
Chop-Suey und die Pferde von Kentucky
Die zerschmetterte Schläfe
Der Zufall
und die Sinnlosigkeit.
Die Welt ist keine Fotografie.
Sie ist
Camparirot
Korallenrot
Blutrot.
Sie ist voller Fahrer-Flucht
Zufall
und Sinnlosigkeit
täglich
stündlich.
Soll man anrufen?
Soll man schweigen?

Noch ein paar Takte Musik

Ein Liebhaber des Halbschattens

1

Seine Mutter brauchte heute lange, bis sie fertig wurde; das war eigentlich merkwürdig, weil sie sonst eine Flinke war; mit ihren dreiundsiebzig Jahren war sie noch immer die alerte, zielbewußte kleine Dame, die sie ihr ganzes Leben lang gewesen war. Ihr Zögern hätte Lothar Witte also auffallen müssen, aber es fiel ihm nicht auf; erst am Nachmittag, kurz ehe das Unglück bei Barrentin geschah, sollte er erfahren, welche Bewandtnis es damit hatte, daß seine Mutter, ganz gegen ihre Gewohnheit, an jenem Morgen im Haus herumgetrödelt hatte, ehe sie endlich erschien und den Gartenweg der Frohnauer Villa entlang auf den Opel zuging, in dem Lothar, nachdem er schon vor einer Viertelstunde ihre beiden Koffer eingeladen hatte, halb ungeduldig, halb dösend saß und auf sie wartete. Er saß und starrte auf die mit Laubgrün verhängte Frohnauer Villenstraße, auf das hellgrau verputzte, langweilige Haus, in dem er bis zum Ende des Krieges gewohnt hatte und in dem seine Mutter wohnen geblieben war – sie vermietete den Hauptteil jetzt an andere Leute –, und es war ihm deutlich bewußt, daß er auf die Jahre mit Melanie starrte, ohne etwas Besonderes zu empfinden; schon seit ein paar Jahren konnte er, wenn er nach Berlin kam, zu seiner Mutter hinausfahren und in diesem Hause umhergehen, ohne daß ihn die Erinnerung an Melanie zu überstürzten Aufbrüchen trieb, wie in den ersten Jahren nach jenem Oktobermorgen im Jahre 47, an dem Melanie so ganz und gar unwiderruflich abgereist war. Vierzehn Jahre später war das eben ausgestanden, mußte es wohl ausgestanden sein, wenn Lothar hier sitzen und dösend warten konnte, wenn er nicht auf der Stelle den Motor anließ und abfuhr. Aber er dachte gar nicht daran, dachte überhaupt nur flüchtig an

Melanie, so, wie er schon lange aufgehört hatte, Richard Brahm, Melanies Mann, gegenüber ihren Namen zu erwähnen; eines Tages hatten sie beide, wie auf Verabredung, ihren Melanie-Kult beendet, gaben sie ihre Versuche, das Andenken der Verschwundenen zu zelebrieren, auf, und ihr Schatten – ein Schatten, so durchsichtig und leuchtend, wie nur die zarte, braunhäutige, sich mit Vorliebe in dünne Stoffe aus sehr reinen, hellen, fast ausgebleichten Farben kleidende Melanie ihn werfen konnte – war nur noch in ihre Gespräche geraten, wenn sie hinsichtlich der Kinder irgendeine Entscheidung zu treffen hatten. Dann war Brahm von Hannover nach Göttingen gekommen und hatte sich sorgenvoll mit Lothar beraten; die Kinder waren schwierig und kostspielig gewesen, die beiden Männer hatten es immer wieder mit neuen Schulen versucht, aber es hatte nie geklappt, die Kinder waren ein Kreuz. Übrigens waren sie es seit einiger Zeit nicht mehr; sie waren erwachsen geworden und halfen sich selber weiter – so war denn auch diese Seite der Angelegenheit erledigt. Doch nicht einmal daran dachte Lothar Witte an jenem Morgen; abgesehen von den Augenblicken, in denen die Erinnerung an die überaus peinliche Szene in Professor Tilius' Vorzimmer, gestern nachmittag, wiederkehrte – und Lothar hatte bereits eine Technik entwickelt, sie zu vergessen –, war dies überhaupt ein angenehm problemloser Morgen, gestört höchstens von dem Verlangen nach Alkohol, das Lothar peinigte; da seine Mutter sich immer noch im Hause aufhielt, trank er schließlich einen Schluck Cognac aus der Reiseflasche, die im Handschuhfach lag. Er spürte fast sofort die Wirkung; plötzlich genoß er den Blick auf die vollkommen leblose Straße, ihr lichtloses Sommergrün, in das sie eingehüllt war, ihr Pflaster aus kleinen graublauen Steinen, das nichts spiegelte und auf dem kein Schatten sich abzeichnete, das sich auf nichts weiter bezog als auf sich selbst, ein trockenes und sauberes Pflaster in Frohnau bei Berlin, stumm unter einem Dach aus Allee- und Villenlaub, das den Himmel verhängte.

Endlich sah er seine Mutter aus dem Haus treten; klein und kerzengerade näherte sie sich. Sie hatte ein dunkelgraues Jackenkleid an, über dem scharf angewinkelten linken Unterarm lag ihr Regenmantel, während sie mit der linken Hand ihre uralte Ledertasche und ihre Handschuhe trug. Wie preußisch sie wirkt, dachte Lothar, während er ihr im Sitzen die Türe offenhielt und sie beobachtete, wie sie schnell und genau den Gartenweg entlangging, wie sie nicht vergaß, mit einer knappen Bewegung die Pforte hinter sich zu schließen, ehe sie auf den Wagen zutrat, eine Spur schuldbewußt, weil sie zu ihrem eigenen Erstaunen ihren Sohn hatte warten lassen, so daß sie, wie immer, wenn sie sich unsicher fühlte, ihrem Gesicht einen Ausdruck gab, der noch hochmütiger war als sonst. Aber sie ist gar nicht hochmütig, dachte Lothar, sie wirkt nur so, weil sie diese straffe kleine Figur hat, und eine Nase, als stamme sie von den Quitzows oder Kottwitz ab – dabei stammte sie nur aus einem Pfarrhaus im havelländischen Luch –, und einen Mund von der Gemessenheit eines Wappenspruchs. »Sie sieht genau so aus, wie man sich die Witwe eines preußischen Oberstleutnants vorstellt«, bemerkten Lothars Freunde in der Regel, wenn sie bei ihr eingeführt worden waren, worauf Lothar trocken zu replizieren pflegte, der Oberstleutnant selbst, sein Vater, habe hingegen überhaupt nicht preußisch ausgesehen. »Sondern wie?«, fragte dann mitunter einer, worauf Lothar manchmal eine Fotografie hervorkramte, die den alten Herrn im polnischen Feldquartier zeigte, kurz vor dem Gefecht bei Szamotuly im September 1940, in dem er gefallen war – eine mächtige und zerfließende Gestalt, die Lothar so sehr ähnelte, daß der Freund betreten auf das Bildnis blickte. Es war nämlich auf eine unklare Weise bedenklich, einen gealterten Lothar in der Uniform eines hohen Infanterieoffiziers wiederzuerkennen, wie er nicht ohne Arroganz etwas betrachtete, was ihm offensichtlich mißfiel. Mochte es der Krieg sein, das falsche Verhalten eines Soldaten oder einfach nur das Wetter – der ältere Witte, dessen einziges Kind Lothar aus unaufgeklärten Gründen geblieben war, blickte kurz vor seinem Tode auf das, was das Leben ihm gerade vorführen mochte, genau so, wie Lothar in gewissen Momenten einen Freund betrachten konnte: mit kaltem, abweisendem Interesse.

»Wo hast du so lange gesteckt?«, fragte Lothar, während er seiner Mutter half, sich im Auto zu etablieren.

»Ach, nichts Besonderes«, erwiderte sie, etwas verwirrt.

Er hörte nicht genau hin und ließ sich damit abspeisen, daß sie, nachdem sie sich wieder gefaßt hatte, hinzufügte: »Ich habe eine Zeitlang nach meinen Handschuhen suchen müssen.«

Als sie die Tegeler Chaussee entlangfuhren, dachte Lothar wieder an die Cognacflasche und nahm sich vor, sie bei nächster Gelegenheit unauffällig aus dem Handschuhfach zu holen und in seine Jackentasche zu stecken. In der Ferne lagen die Fabriken von Siemensstadt flach und deutlich unter einem Himmel von fast weißem Grau. Ein angenehmer Tag, dachte Lothar. Er liebte schattenloses, neutrales Wetter. Die Fahrt nach Hamburg würde hübsch werden bei solchem Wetter. Seine Mutter wollte Verwandte in Hamburg besuchen, und er hatte sich angeboten, sie hinzubringen, da er Semesterferien hatte und der kleine Umweg nach Norden ihn reizte. Auf der Fahrt durch die Mark und das südliche Mecklenburg würde er, nach Jahren wieder, Gelegenheit haben, Stücke der Landschaft zu sehen, die einmal von so großer Bedeutung für ihn gewesen war.

Seine Mutter hatte den Vorschlag, wenn auch zögernd, angenommen. »Du weißt, ich mache mir nichts aus Autofahrten«, hatte sie erklärt, aber Lothar wußte, daß sie Angst hatte, er würde unterwegs anfangen zu trinken.

»Du könntest mir endlich erzählen, wie dein Gespräch gestern ausgegangen ist«, sagte sie. »Bekommst du die Berufung nach Berlin?«

Lothar schüttelte den Kopf. Er mußte sich eine Weile auf den Verkehr konzentrieren, dann sagte er: »Sie wollen mich nicht haben.«

2

Er sah sich, nachdem er diesen Satz ausgesprochen hatte, wieder in jenem Café am Kurfürstendamm sitzen, in dem er gestern nachmittag gewartet hatte, bis es an der Zeit gewesen war, zu Professor Tilius zu gehen. Obwohl die Sonne schien, saß er nicht an einem der Tische im Freien, sondern im Inneren, allerdings nicht im dunklen Hintergrund des Raumes, sondern noch am Rande der großen geöffneten Fenster, so daß er das Leben auf der Straße beobachten konnte, aber eben nicht wie ein Höhlentier, dessen in der Tiefe glosende Augen man schließlich wahrnimmt, sondern unauffällig in einer neutralen Zone, in der Licht und Schatten sich durchdrangen, im Bereich des Halbschattens, in dem er gut denken konnte. Er sah sich die Frauen an, die an den Flaneurstischen unter der großen gestreiften Markise saßen, blickte auch denen nach, die auf dem Boulevard vorbeigingen, erwog, ob er eine Bekanntschaft machen solle, aber der Cognac, den er trank, hatte ihn bereits in seinen Bann geschlagen; er saß schwer auf seinem Stuhl, ein paar Zeitschriften, die er gekauft hatte, auf dem Tisch vor sich; er hatte einen Blick in sie hinein tun wollen, konnte sich aber nicht entschließen, sondern dachte über das Thema seiner Göttinger Vorlesungen nach, unterbrochen von gelegentlichen Seitenblicken auf weibliche Erscheinungen; Segmente von Kleidern und Haaren mischten sich in Aspekte gewisser Gedankengänge des Amaury de Bêne, der im Jahre 1206 gestorben war, der Satz ›Omnia unum, quia quidquid est, est deus‹ erschien plötzlich auf dem Hintergrund eines Gelb, das aus einem Berliner Schneider-Atelier hervorgegangen war und von einer schwarzen Modefrisur umströmt wurde wie von Wind; dazu traten Überlegungen der Art, wieviel besser es sein würde, in Berlin zu leben, anstatt in Göttingen. Das Provinzielle Göttingens störte Lothar nicht, aber es war so, daß Göttingen ihn einfach nichts anging, selbst wenn er es sich gelegentlich mit Lichtenberg illuminierte. Auch Lichtenberg wäre eine

Berliner Professur schließlich lieber gewesen als ein Leben in Göttingen. Lichtenberg war in Göttingen ein toter Mann, während Fontane in Berlin merkwürdigerweise immer noch lebte, und es tat seiner Anwesenheit keinen Eintrag, daß die Wege nach Neuruppin oder in den Dosse-Bruch schändlicherweise verschlossen waren. Lothar, in einem milden Kaffeehaus sitzend, gedachte seiner zurückhaltenden, nüchternen Lieblingsschriftsteller, indem er sie vor einen Prospekt aus Avenuen und Kiefernlandschaften stellte; schließlich brachte er ein Blickverhältnis mit einem hübschen dunkelblonden Mädchen fertig, das schräg links von ihm an einem Tisch im Freien saß, gab es jedoch nach ein paar Minuten auf und versank aufs neue in Trägheit. Beklommen gestand er sich wieder einmal ein, daß auf dem Grunde seiner Neigung zur Nüchternheit, zum gebrochenen Licht, etwas lag, was dieser Neigung widersprach; seine großen Halbschattenmomente erkaufte er sich regelmäßig mit Alkohol, mit einem Hang, der, auch wenn er nicht jedesmal in einen Rausch ausartete, ein Hang zu etwas ganz und gar Wüstem war. Er bestellte sich noch ein Glas Rémy-Martin – das dritte – und trank es langsam aus, ehe er sich erhob, weil es fünf Uhr geworden, die Sonne erloschen und die Zeit gekommen war, die Universität aufzusuchen.
Bereits im Korridor traf er den feisten, kleinen, von allen Hunden gehetzten Tilius, neben dem Lothar sich ausnahm wie ein würdiger, seinen Studien und dem Wein ergebener Provinzprälat, der irgendeiner Sache wegen bei einem schnellen, wendigen Monsignore aus der Kardinalsuite zu antichambrieren hat. Im Geiste nannte er Tilius einen philosophischen geschickten Auswerter, Kompilator von Ideen anderer, Verfasser von Büchern mit erregenden Titeln, glänzenden Verhandler, Taktiker im Getriebe der Institutionen, Karrieristen – Lothars akademischer Kollegenhaß erfand in bezug auf den Dekan der philosophischen Fakultät immer neue Definitionen –, und sein Gespräch mit ihm verlief genau so, wie er es sich vorgestellt hatte, mit betont freundlichem Empfang, herzlichem Hereinziehen ins De-

kanszimmer, an der Sekretärin vorbei – »schön, mein lieber Witte, daß Sie sich wieder einmal anschauen lassen!« –, mit Tilius' geübter Suada und Lothar Wittes ebenso geübter, in ironischem Ton vorgebrachter, scheinbar gar nicht ernst gemeinter Frage nach einer möglichen Berufung in die Berliner Fakultät, so sorgfältig nach der akademischen Regel, daß Tilius nicht einmal eine direkte Ablehnung auszusprechen brauchte. In diesen Vorgang eingelassen ein schneller Wortwechsel, in dem es Ernst wurde, in dem – und sie wußten es beide – die Entscheidung fiel, nachdem Tilius gefragt hatte: »Worüber werden Sie im nächsten Semester lesen?« »Über einige Ausformungen der Spiritualenbewegung im späten dreizehnten Jahrhundert«, gab Lothar Auskunft. »Ramon Lull, Olivi und andere.«

»Sehr interessant«, sagte Tilius, aber Lothar spürte doch, wie sein Gesprächspartner unangenehm berührt war. Tilius nahm sich zusammen. »Ein ziemlich abseitiges Thema«, meinte er, »aber Sie werden sicherlich gewisse Parallelen zur heutigen Situation ...«, er brach ab, weil er sah, wie Lothar durch ein majestätisches Kopfschütteln bereits seine Antwort gab.

»Im Gegenteil«, sagte er, mit jener Ironie eines regierenden Fürsten, die ihm von seinen Kollegen stets so übelgenommen wurde, »mich reizt es gerade, Lagen zu zeigen, deren Bedingungen mit nichts anderem verglichen werden können. Überhaupt interessiert mich an einem Vorgang nur, zu untersuchen, inwiefern er einzigartig ist.«

Es war das Stichwort, mit dem Tilius sich aus der Affäre ziehen konnte, und Tilius ergriff es und begann, über die Berliner Situation zu extemporieren. Lothar hörte kaum zu, das Gespräch war schon zu Ende, er hatte sich selbst als Einzelgänger abgestempelt, als jener ewige Privatdozent, dessen geistesgeschichtliche Studien gelegentlich Aufsehen erregten, im ganzen aber doch zu ›abseitig‹ waren, um eine ordentliche Professur zu rechtfertigen. In Rezensionen nannte man ihn entweder einen ›begabten, oft genialen Außenseiter‹ oder, ins Abschätzige gewendet, einen ›bedeu-

tenden Kopf, der sich in kleiner Münze ausgibt‹. Als Lothar bemerkte, wie sich in Tilius' Stimme etwas Schuldbewußtes und damit Ungeduldiges mischte, erhob er sich, um sich zu verabschieden. Der einzige Unterschied zwischen dieser Unterhaltung und den Gesprächen, die Lothar in vergangenen Jahren mit Tilius geführt hatte, bestand darin, daß er heute ein heftiges Verlangen spürte, in Berlin bleiben zu können. Noch seine letzte Bewerbung vor zwei Jahren war ihm als eine Herausforderung des Schicksals erschienen, wenn er an Melanie dachte, und die Ablehnung der Universität hatte ihn erleichtert aufatmen lassen, weil er damals angenommen hatte, nicht zusammen mit seinen Erinnerungen in dieser Stadt leben zu können. Das schien nun vorbei zu sein, und mit Bedauern dachte er daran, daß ihm Berlin verschlossen war. Vielleicht werde ich ein Gesuch machen, mich hier als Privatdozent niederlassen zu dürfen, dachte er noch vage, als ihn Tilius durch das Vorzimmer zur Türe begleitete.
Nachdem er sich bereits von dem Professor verabschiedet hatte, drehte Lothar sich in der geöffneten Türe wieder um, halb entschlossen, Tilius noch ein Wort wegen seiner privaten Um-Habilitierung zu sagen. Er erblickte die Sekretärin, wie sie lächelnd in Tilius' Zimmer sah und dabei die Gebärde des Trinkens machte. Lothar starrte sie einen Moment entgeistert an, er begriff nicht sogleich, sie wurde seiner Anwesenheit gewahr, und ihr Gesicht lief blutrot an, während die Gebärde ihrer Hand erstarb. Kalt vor Entsetzen ging Lothar den Universitätskorridor entlang. In der Halle unten mußte er sich einen Augenblick hinsetzen; er war weiß um die Nase herum.

3

Den Aufenthalt am Grenzkontrollpunkt Staaken benutzte Lothar dazu, die Cognacflasche aus dem Handschuhfach zu nehmen. Seine Mutter war bereits auf die

Baracke der Grenzpolizei zugegangen, während er damit beschäftigt war, die Koffer aus dem Auto zu heben, und nachdem er mit einem halben Blick beobachtet hatte, wie sie in dem Gebäude verschwunden war, holte er die Flasche hervor, nahm verstohlen einen Schluck zu sich und steckte sie danach in seine Jackentasche. Ein Polizist sah ihm dabei zu, aber gleichgültig; Lothar konnte aus seiner Haltung nicht erraten, was er dachte. Unter den Blicken des Mannes trug er die Koffer in die Baracke. Die Vopos kontrollierten pedantisch und schweigsam das Gepäck, fanden aber in den Koffern seiner Mutter nichts, was sie zu Fragen veranlaßte; nur bei dem Inhalt von Lothars Aktenmappe – Bücher, Aufzeichnungen – hielten sie sich etwas länger auf und tauschten unter sich halblaute Bemerkungen aus, ehe sie ihm die Mappe mit dem Ausdruck einer gewissen Aufmerksamkeit zurückgaben. Am Ausgang instruierte sie ein Beamter über die Geschwindigkeitsbegrenzungen auf der Strecke und gab Lothar einen Merkzettel, auf dem angegeben war, innerhalb welchen Zeitraums er sich bei dem Kontrollpunkt Ludwigslust zu melden habe. Der Tag war noch immer sommerlich, bedeckt und hellgrau, als Lothar die Koffer wieder ins Auto lud. Nachdem seine Mutter eingestiegen war, bat er sie, noch einen Augenblick zu warten, und suchte die Toilette auf. Dort trank er noch einmal aus der Flasche, ehe er zum Auto zurückkehrte. Er spülte seinen Mund mit Wasser aus, aber nachdem sie schon eine ganze Strecke gefahren waren, sagte seine Mutter zu ihm: »Du hast getrunken, Lothar!«

»Nur einen kleinen Schluck Cognac, Mama«, erwiderte er. »Ich hatte ein flaues Gefühl im Magen.«

Er wußte, wie sie nun angestrengt darüber nachdachte, ob sie so weit gehen solle, die Flasche von ihm zu fordern, um sie bis zum Ende der Reise in Gewahrsam zu nehmen, aber er kannte seine Mutter sehr gut und setzte darauf, daß sie sich zu einer solchen Erniedrigung ihres Sohnes nur im äußersten Notfall entschließen würde, und er behielt recht. Aber vielleicht schwieg seine Mutter auch nur, weil ihnen –

sie fuhren gerade an den Nauener Kasernen vorbei – ein Truppentransport entgegenkam, Lastautos, in denen russische Soldaten standen. Obwohl es Sommer war, trugen sie lange Mäntel. Unbeweglich standen sie auf den Autos, ihre breiten Stahlhelme auf den Köpfen.
Als sie vorbei waren, wurde die Straße sehr still. Die Abstände, in denen sie anderen Autos begegneten, wurden immer länger. Lothar spürte, daß der Alkohol sich zwischen ihn und die Dinge – die Dinge im Auto und die Dinge außerhalb des Autos – gelegt hatte; er nahm sie, in seinen Fahrersitz zurückgelehnt wie in einen Theatersessel, aus einer gewissen Distanz wahr, was ihm ein trügerisches Gefühl von Sicherheit verschaffte; aber da er sich eben nur die Nase begossen hatte, war er sich durchaus klar darüber, daß seine Sicherheit ihren Grund in der ruhigen, fast unbelebten Straße hatte und in der herabgeminderten Geschwindigkeit, zu der ihn die Vorschrift zwang. Immerhin war es angenehm, die Wassergräben, Torfpyramiden und Birkenwege, an denen sie vorbeifuhren, aus einer Art königlichen und scharfsichtigen Abstands zu erblicken; Lothar nahm sogar den feinen Torfstaub wahr, der über dem Land lag; wie hatte Fontane ihn genannt? Lothar grübelte eine Weile, bis er sich erinnerte: als schnupftabakfarben hatte Fontane ihn bezeichnet.
»Das Luch!« rief Lothar plötzlich. »Mama, denk mal, wir fahren durch das Luch.«
»Unsinn«, sagte seine Mutter, »wir fahren auf Friesack zu. Das havelländische Luch liegt südlich von hier, und das Wustrauer Luch nördlich, in der Nähe des Ruppiner Sees.«
Sie kennt hier Weg und Steg, dachte Lothar, Kunststück, sie ist ja hier aufgewachsen; wie hieß das Kaff doch gleich, in dem ihr alter Herr als Pastor geatmet hatte? Stechow.
»Sollen wir nach Stechow fahren, Mama?«, fragte er. »Es kann höchstens zwanzig Kilometer von hier sein.«
»Um Gottes willen«, wehrte sie erschrocken ab. »Mach

keine Dummheiten, Lothar! Ich möchte diese Reise nicht in einem Zonengefängnis beenden.«
»Aber es wäre doch hübsch«, sagte er, um sie noch ein wenig in Aufregung zu versetzen, »wenn wir nachsehen würden, ob das Pfarrhaus noch steht, und die alte Kirche.«
»Es wäre gar nicht hübsch«, erwiderte sie. »Es wäre degoutant.« Sie schwieg; nach einer Weile sagte sie, das Thema abschließend: »In meinem Alter lebt man in Erinnerungen. Aber man läßt sich nicht mehr gerne an die Wirklichkeit erinnern.«
Sie griff nach ihrer Handtasche, und Lothar hörte, wie sie mit Papier raschelte.
»Tu mir den Gefallen«, sagte sie, »und iß einen Bissen.«
Lothar blickte auf ihre Hand, mit der sie ihm ein halbes belegtes Brot reichte. Sie war mager, und ihre Haut war mit braunen Altersflecken gesprenkelt. Er nahm das Brot und biß hinein.
»Ich weiß, du verträgst einen Schluck«, sagte sie, »aber es ist besser, du ißt etwas dazu.«
Er wußte, daß sie das Gegenteil von dem dachte, was sie sagte. Er wußte, sie dachte, daß er, wie alle Alkoholiker, keine zwei, drei Schlucke Schnaps mehr trinken konnte, ohne duhn zu werden. Deshalb gab sie ihm das Brot. Lothar fühlte den körnigen und butterigen Geschmack auf der Zunge, aber der Schinken, der zwischen den Scheiben lag, erfüllte ihn mit Ekel. Schon nach den ersten Bissen spürte er, wie das Brot ihm etwas von der kalten, klaren Stimmung wegnahm, in die der Cognac ihn versetzt hatte, und er legte die Scheibe angewidert neben sich auf den Sitz. Mit einem halben Blick nahm er wahr, wie seine Mutter ihn enttäuscht ansah und sich dann abwendete. Sie blickte auf die Landschaft, die er im vorgeschriebenen Tempo an ihr vorbeiziehen ließ. Wenn sie nicht so preußisch wäre, dachte er, dann würde sie jetzt weinen.
»Ich kenne das Luch lange nicht so gut wie du«, sagte er, um sie abzulenken und um ihr das Gefühl zu geben, er sei völlig nüchtern, »aber dafür kenne ich die Ruppiner

Schweiz.« Er machte eine Pause, und nun begann er sich zu erinnern, während er Namen rezitierte: »Rheinsberg, Lindow, Zernikow, den Menzer Forst, den Molchowsee ...«

Seine Mutter fiel ihm in die Rede. Sie begann einen Kindervers zu rezitieren, den sie Lothar gelehrt hatte, als er noch sehr klein gewesen war. »Ist's norderwärts in Rheinsberg Näh?« sagte sie, »ist's süderwärts am Molchowsee?«

»Ist's Rottsiel tief im Grunde kühl«, fuhr Lothar vergnügt fort, während seine Mutter schwieg und ihn glücklich ansah, »ist's Kunsterspring, ist's Boltenmühl? Ist's Boltenmühl, ist's Kunsterspring? Birgt Pfefferteich den Zauberring?«

Sie brachen beide in Gelächter aus über die komischen, unbeholfenen und zierlichen Namen und über die Tatsache, daß sie sich nach so vielen Jahren noch gemeinsam an den Vers erinnerten, den sie längst für versunken gehalten hatten.

Lothar schwieg als erster, weil die Namen ihn plötzlich an das Härteste an Melanie erinnerten; ja, die Namen besaßen eine Kraft, welche die Wirklichkeit nicht mehr aufbrachte, wie der Anblick der Frohnauer Villa heute morgen bewiesen hatte. Die Wirklichkeit jenes Hauses hatte kein Gefühl mehr in ihm ausgelöst, während ihn die bloße Nennung von Namen wie ›Rheinsberg‹ oder ›Molchowsee‹ am Steuer des Opel fast erstarren ließ, ihn für einen Augenblick beinahe blind machte, denn die Namen erinnerten ihn an gewisse havelländische Spaziergänge mit Melanie, an Momente aus exotisch brauner Haut und Seide aus verschossenen reinen Farben, an Gesprächsfetzen, Schilfbuchten, Blicke, knarrende Kiefern, wehende Haare, an den Widerschein eines Schattens. Wie hatte seine Mutter vorhin gesagt? »Man läßt sich nicht gerne an die Wirklichkeit erinnern.« Sie war weise geworden, seine Mutter. Sie wollte das väterliche Pfarrhaus nicht wiedersehen. Sie wollte sich ihre Erinnerung nicht töten lassen.

Friesack kam ihnen unverändert vor, hinter ein paar SED-Transparenten wie stehengeblieben, erstarrt in einer

Pose aus den Jahren vor dem Krieg, trotz eines Denkmals für Gefallene der Roten Armee, an dem ein russischer Posten Wache stand. Aber sonst: das Pfarrhaus, die Schule, das Schulzenamt, der Krug. Nichts Glitzerndes. Der Eck- und Kramladen mit einem kleinen Mohren und einer Girlande von Schwefelfäden in seinem Schaufenster. Sonst nur Dunkelrot, altes Lehmgelb, niedriges Grau unter dem hellgrauen Himmel. Ein Städtchen in der großen preußischen und slawischen Ebene. Vorbei.

Lothar geriet in Unruhe, wie immer, wenn er spürte, daß die Wirkung des Alkohols nachließ. Stöße einer faden Ernüchterung rissen ihn dann aus dem Dunst von Geborgenheit, den der Schnaps um ihn gewoben hatte. In der Gegenwart seiner Mutter konnte er nicht zur Flasche greifen und den beginnenden Kater hinunterspülen. Auf der stillen Straße hinter Friesack versuchte er krampfhaft die überlegene Stimmung festzuhalten, die der Cognac ihm einzuflößen pflegte, aber einzig die quälende Schärfe der Erinnerungen, die sich als Ortsnamen bei ihm gemeldet hatten, brachte es fertig, ihn von der Öde abzulenken, die sich in ihm ausbreitete. Stücke jener Zeit, die Lothar manchmal ironisch als seine ›heroischen Jahre‹ bezeichnete, glitten an ihm vorbei wie die Landschaft aus Torfbrüchen, Roggenfeldern, Eichenkratt, aus der sie sich erhoben, und ein unbezähmbarer Wunsch, jene Jahre wiederzufinden, jene Jahre und Melanie wieder an sich zu reißen, ein unvernünftiger Gedanke, gespeist aus halbem Rausch und halber Nüchternheit, ließ ihn sich in einem Augenblick auf der Straße hinter Friesack daran erinnern, daß in ein paar Kilometern eine Chaussee nach Norden abzweigte, durch das Rhin-Luch nach Neuruppin.

Er legte sich einen Plan zurecht, wie er seine Mutter ablenken würde, und als er von weitem schon die Straßengabel mit ihren Schildern wahrnahm, griff er wieder zu der Stulle und begann zu essen. Kurz vor der Kreuzung ließ er sie, wie unabsichtlich, fallen, und während seine Mutter sich bückte, um sie aufzuheben, indessen er am Steuer beschäf-

tigt war, hatte er bereits den kritischen Punkt passiert und die Landstraße, die von der Interzonen-Chaussee abbog, eingeschlagen. Er sagte »Danke«, als sie ihm das Brot zurückreichte, nachdem sie es auf ihre penible Weise gesäubert hatte, und danach beobachtete er sie scharf aus den Augenwinkeln. Da sie selten Autoreisen machte, fiel es ihr nicht auf, daß die Straße schmaler geworden war, und sie nahm auch Abschnitte, die mit Kopfsteinen gepflastert waren, ja sogar ein offenes Sandstück, gleichmütig hin, bemerkte nur einmal, die Straße würde schlechter, schien jedoch keinen Argwohn zu schöpfen. Sie kamen durch mehrere Dörfer. Erst als sie an einem Dorfausgang auf ein Schild ›Neuruppin 15 Kilometer‹ stießen, wurde sie unruhig.
Sie griff nach Lothars Arm und sagte: »Wir sind auf der falschen Straße.«
Er antwortete nicht sogleich, und sie rüttelte nun an seinem Arm. »Auf der richtigen Straße kommen wir doch nicht nach Neuruppin«, sagte sie. »Du bist ganz falsch gefahren.«
Lothar spürte fast nichts mehr von der Wirkung des Alkohols, aber gerade in solchen Momenten war er stets erbittert wie über einen Verlust, erbittert und hemmungslos, und so machte er nicht einmal den Versuch, die Täuschung noch eine Weile zu verbergen.
»Ich fahre schon richtig«, sagte er ärgerlich. »Ich will einen kleinen Umweg machen.«
»Kehr sofort um, Lothar!« sagte die alte Dame, als sie begriffen hatte. Sie saß nun hoch aufgerichtet neben ihm. »Du weißt, wir sind registriert. Wenn wir nicht rechtzeitig an der Kontrolle sind . . .«
Sie brach ab, aus einem Gefühl der Würde, wie Erwachsene, die bemerken, daß sie die starrköpfige Ungezogenheit eines kleinen Jungen nicht sogleich brechen können, achselzuckend, doch nicht unverletzt, und voller Trauer.
»Nur ein ganz kleiner Umweg«, sagte Lothar, »wir kommen immer noch rechtzeitig zum Kontrollpunkt in Ludwigslust.«

Aber seine Mutter schwieg und er wußte, sie saß nach dem Augenblick ihrer Empörung nun sehr klein und ängstlich neben ihm. Ich benehme mich miserabel, dachte Lothar, ich werde drehen und zurückfahren; aber statt dessen fuhr er weiter.

Sie passierten Neuruppin, ohne angehalten zu werden. Beim Fontane-Denkmal standen zwei junge Polizisten und sahen dem Auto träge nach. Die kleine Stadt lag mit ihren weiten Plätzen leer im bleichen Mittag. Am Wall schlug Lothar die Chaussee ein, die zum Müritzsee führte, ins Mecklenburgische, weil seine Erinnerung sich allmählich auf ein Waldstück versammelte, das in der Nähe eines Dorfes namens Klink lag und dort ein Seeufer bildet, an dem er einmal einen Nachmittag mit Melanie verbracht hatte. Er hätte ebensogut nach Rheinsberg oder zu einem halben Dutzend anderer Orte fahren können, denn die ganze Gegend war belebt von Erinnerungen an Ausflüge mit Melanie – manchmal allein mit ihr, manchmal in Begleitung ihres Mannes und der Kinder, wenn Richard Brahm sich mühselig hatte überreden lassen, mitzukommen –, aber aus irgendwelchen Gründen, vielleicht aus purem Zufall, hatte sich Lothars Gedächtnis in der letzten Viertelstunde auf jenen Nachmittag an einem See bei Klink kapriziert, und so lenkte er den Opel weiter nach Norden.

Als sie sich wieder in der freien Landschaft befanden, blickte er in den Rückspiegel, um sich zu vergewissern, daß ihnen kein Auto folgte. Die Chaussee war vollständig leer.

Er hörte, wie seine Mutter etwas sagte, aber er faßte, ganz in seine Gedanken versunken, die Worte kaum auf.

»Das wird ein böses Ende nehmen«, sagte sie. Ihre Stimme, spröde und alt, zerbrach die Worte wie Reisig.

4

Lothar erkannte den Platz, den er suchte, nur mit einiger Anstrengung wieder, eigentlich nur daran, daß er den See von rechts her schimmern sah, als er den Wald hinter Klink erreicht hatte. Er stoppte, um sich zu orientieren. Der Wald war, wie damals, als er mit Melanie hier gewesen war, hoher Buchenwald mit glatten Stämmen und hellgrünen Blättern, Blättern, die noch etwas von ihrer Frühlingshelligkeit behalten hatten, und der See schimmerte dort, wo das Unterholz am Waldrand den Blick freigab, von rechts herauf, aber trotzdem schien irgend etwas sich verändert zu haben. Lothar schob es schließlich auf die Art der Annäherung: mit Melanie war er zu Fuß vom Dorf Klink her gekommen, eine Badetasche tragend, während er heute mit dem Auto angereist war – das ergab eine Verschiebung der Perspektiven. Außerdem, so erinnerte er sich, war der Vorkriegstag mit Melanie ein windiger und sonniger Tag gewesen, während heute stilles, bedecktes Wetter herrschte; seinerzeit hatte der See geblitzt, indes er heute nur eben schimmerte, graublau unter einer warmen Luft, die gestockt schien wie Milch in einer Schüssel. Lothar fand die Schneise wieder, die er mit Melanie zum See hinunter gegangen war; er lenkte das Auto hinein und fuhr vorsichtig auf ihr entlang. Es gelang ihm, den Wagen am Ufer so hinter ein paar Büschen zu parkieren, daß er von der Straße aus nicht gesehen werden konnte. Während des ganzen Manövers gab seine Mutter keinen Laut von sich; als er den Motor abgestellt hatte, stieg sie ruhig aus, breitete ihren Mantel über einen Baumstumpf, stellte ihre Handtasche daneben, setzte sich und betrachtete den See, der nicht sehr groß war, aber doch immerhin so groß, daß er einen Eindruck von Weite vermittelte. Am gegenüberliegenden Ufer waren Felder und Laubwälder zu sehen, aber keine Häuser. »Es ist fast schon mecklenburgisch hier«, sagte Lothar, »obwohl wir noch in der Mark sind.« Aber seine Mutter erwiderte nichts darauf.

Lothar erinnerte sich, daß er ganz genau den gleichen Satz seinerzeit zu Melanie gesagt hatte, aber diese Erinnerung war nur ein mechanisches Einrasten seines Gedächtnisses; sie ergab kein Bild von Melanie, obwohl er sich angestrengt bemühte, es sich vor den Hintergrund des Ortes zu projizieren, an dem er sich befand. Schließlich zog er die Flasche hervor und prüfte sie. Er hatte sie gestern in Berlin gekauft, es war eine handflache, leicht gewölbte Viertelliterflasche französischen Cognacs, und sie war noch bis über die Hälfte gefüllt; in Anwesenheit seiner Mutter setzte er sie nicht einfach an den Mund, sondern er goß den Cognac in den Aluminiumbecher, der als Schraubverschluß diente, und trank ihn vorsichtig leer.
Sie hörten schon von weitem das Geräusch eines Autos, das sich näherte, und hielten den Atem an. Lothar wandte sich um und blickte zur Straße hinauf, aber er konnte keine Spur von dem Auto erblicken, während es vorbeifuhr; die Büsche nahmen ihm jegliche Sicht.
»Wir sind in voller Deckung«, sagte er, während das Geräusch sich entfernte und sich neuer Motorenlärm ankündigte. Diesmal mußte es ein Lastauto sein, das mit schwerem Schüttern an ihnen vorbeikam. Aber danach wurde es stumm, sie waren wieder allein, und der lautlose Tag lag unbewegt im milchigen Licht über Wasser und Schilf.
Die Situation und das Wort ›Deckung‹ lösten vage und abenteuerliche Gedanken in Lothar aus. »Wir sind Partisanen«, sagte er, und sein Gesicht verzog sich zu einem halben Grinsen. »Beinahe fühle ich mich wie ein Soldat«, sagte er, nach einer Pause. »Eigentlich komisch, daß ich ganz friedlich durch den Krieg gekommen bin, findest du nicht?«
Seine Mutter schwieg noch immer hartnäckig, und er fuhr fort, laut zu denken, ohne sich um sie zu kümmern; schon begann der Alkohol sich wieder in ihm zu verteilen wie eine leichte, seinen Geist beruhigende Last. »Glänzend durch den Krieg gekommen«, sagte er, den ihm wohlbekannten preußischen Kasino-Jargon markierend, indem er die g's als

jot's akzentuierte und die Schlußsilben der Verben verschluckte, »nie Soldat gewesen, immer die Stellung gehalten, immer 'ne ruhige Kugel geschoben.« Er wußte, wie sehr diese Tour seine Mutter erbitterte, aber es befriedigte ihn eine Weile, sich boshaft zu zeigen, bis er plötzlich damit aufhörte. »Zum erstenmal in meinem Leben liege ich irgendwo in Deckung«, sagte er nachdenklich und ratlos.
Sein Vater hatte nicht von ihm verlangt, er solle Berufsoffizier werden, sondern er hatte die geistigen Interessen seines Sohnes respektiert. Als dann sein ganzer Stand ins Zwielicht geraten war, hatte Lothar ihn erpreßt: dank der Beziehungen seines alten Herrn war Lothar vom Militärdienst freigestellt worden.
»Ich war ein Drückeberger«, sagte er, »und ich habe Papa gezwungen, mir dabei zu helfen. Erinnerst du dich noch?«
Sie sprach noch immer nicht. Lothar wußte, wie sehr er sie verletzte, indem er sie an diese Dinge erinnerte. Der Verfall des älteren Witte war schließlich zu einem nicht geringen Teil das Werk seines Sohnes gewesen; Lothar hatte seinen Vater zu einem Akt der Korruption veranlaßt, wie er einem Offizier auf keinen Fall anstand; dem Regime gegenüber konnte der Alternde noch die Maske eines preußischen Oberstleutnants wahren, aber sie war zerfallen, als Lothar ziemlich rücksichtslos an das empfindliche Gewissen ihres Trägers appelliert und seinen Wunsch, sich zu drücken, im Kreis der Familie zu einer politischen Frage hochgespielt hatte. Vielleicht war so der Blick entstanden, den jene vor dem Gefecht bei Szamotuly gemachte Fotografie von Lothars Vater zeigte: ein mißfälliger und arroganter Blick, ein Blick voll kaltem und abweisendem Interesse, ein gebrochener Blick.
Seine Mutter raffte sich endlich auf, etwas zu sagen. »Wollen wir nicht weiterfahren?« fragte sie. »Laß uns zurückfahren, Lothar, so schnell wie möglich! Wenn wir Glück haben und uns die Polizei nicht anhält, dann kommen wir vielleicht noch rechtzeitig auf die Chaussee nach Hamburg zurück.«

»Es wäre besser gewesen, Papa hätte mich nicht freistellen lassen«, sagte Lothar. »Wenn er gewußt hätte, was ich tun mußte, nur, um nicht Soldat werden zu müssen!«
Sie hatten ihm erlaubt, sich zu drücken, und weil er Historiker war, hatten sie ihn zum Dienst im Kriegsarchiv verpflichtet. Als Soldat, dachte Lothar, ins Schilf des Klinker Sees starrend und leicht alkoholisiert, wäre ich wenig mehr als ihr Opfer gewesen; als Archivar war ich ihr getreuer Diener. Er wischte, wie immer, die Erinnerung an gewisse Dokumente weg, die er damals gelesen hatte. Er hatte sie gelesen, benommen von Schauder, und dann hatte er sie katalogisiert. Er war weder ein Täter noch ein Opfer gewesen, sondern einer, der sich von der Tat wie vom Opfer drückte; aber man hatte ihm nicht erlaubt, sich gänzlich zu drücken, sondern ihn gezwungen, die Summe der Leiden wenigstens zu registrieren. Er war ein Buchhalter der Unmenschlichkeit gewesen: die schäbigste aller Rollen.
»Alles, was du getan hast, hast du Melanies wegen getan«, sagte seine Mutter. »Du warst ein Drückeberger, um ihr nah zu sein. Du hast dich ins Kriegsarchiv kommandieren lassen, um in Berlin bleiben zu können, bei Melanie. Sie war dein böser Geist.«
Er blickte sie überrascht an. Noch nie hatte seine Mutter sich erlaubt, in dieser Weise von Melanie zu sprechen. Sie hatte nicht nur niemals so von Melanie gesprochen, ihre Taktik war es vielmehr gewesen, überhaupt nicht zu seinem Verhältnis mit Melanie Brahm Stellung zu nehmen. Was bewog sie auf einmal, jetzt, da alles vorbei war, zu reden?
»Dabei war Melanie gar nicht böse«, sagte sie. »Ich habe sie immer gern gemocht. Eigentlich war sie eine gute Frau.« Sie machte eine Pause und rang sichtlich um den passenden Ausdruck. »Ich meine damit«, sagte sie schließlich, »sie war zur Güte veranlagt. Ihr habt sie nur falsch behandelt, du und Brahm. Vielleicht wäre sie bei euch geblieben, wenn sie nicht gesehen hätte, daß alle eure Entschlüsse schließlich von ihr abhingen.« Wieder schwieg die alte Frau, ehe sie

fortfuhr: »Vielleicht wäre sie dir nach dem Krieg nicht fortgelaufen, wenn du dich ganz einfach als Soldat hättest einziehen lassen. Sie hat gespürt, daß du ein verlogenes Leben auf dich genommen hast, nur, um dich nicht von ihr trennen zu müssen. Glaub mir, das verträgt keine Frau, und Melanie schon gar nicht!«
Lothar konnte die Stimme nicht mehr ertragen, und nicht mehr die Worte, die sie bildete. Er ging eine Strecke am Seeufer entlang und legte sich in eine geschützte Mulde aus trockenem Kieselboden. Dort begann er endgültig zu trinken, langsam, regelmäßig und in kleinen Schlucken, die er im Mund zergehen ließ.

5

Man fuhr damals noch nicht Auto; jedenfalls in den Kreisen, zu denen Brahm und Lothar Witte gehörten, besaß man damals, vor dem Krieg, keine Autos, und so kamen Lothar und Melanie zu Fuß vom Bahnhof des Dorfes Klink her, wohin sie mit dem Personenzug gefahren waren, nachdem sie in Rheinsberg übernachtet hatten. Lothar trug – aufs neue erinnerte er sich ganz deutlich daran – eine Tasche aus dunkel- und hellbraun gestreiftem Leinen, in dem sich ihr Badeanzug und ihre Toilettenutensilien befanden, und er grübelte, während er den Geschmack des Cognacs auf seiner Zunge zergehen ließ, darüber nach, wo jene Stütze seines Gedächtnisses wohl geblieben war; wahrscheinlich lag sie angestaubt, verschossen und unansehnlich, auf dem Speicher der Frohnauer Villa. Er hielt sich ganz still in seiner Kiesmulde und wartete ab, aber in jenem fernen, windigen und sonnigen Tag, dessen Gegenwart er sich herbeiwünschte, blieb zu seiner Verwunderung die Badetasche der einzige Gegenstand, der sich bewegte, der lebendig war, während die ebenso genaue Erinnerung daran, daß Melanie bei diesem Ausflug ein sportliches Kleid aus steingrauer Waschseide getragen hatte, belanglos erschien: eine mechanische

Notiz, weiter nichts. Seine Mutter hatte recht: Schauplätze aufzusuchen, war nicht die rechte Form, um Erinnerungen zu beschwören. Der Abstecher in die nördliche Mark war so nutzlos, wie er gefährlich war. – Es war also ausgestanden, Lothar rekapitulierte sich die Feststellung, die er schon am Morgen, im Auto auf seine Mutter wartend, getroffen hatte: daß vierzehn Jahre später eben alles ausgestanden war, ausgestanden sein mußte: Melanies Flucht und die Jahre vorher und jeder einzelne Moment dieser Jahre.
Er fragte sich, ob er noch zu nüchtern sei, um seinem Gedächtnis den Dreh zu geben, den es nötig hatte, damit die Türe sich aufschlösse, hinter der Melanie stand und – vielleicht! – auf ihn wartete; er trank deshalb wieder aus der Flasche, aber es half nichts, und er wußte schon, während er trank, daß es nichts nützte, wenn er sich vollaufen ließ: es gab überhaupt keine Türe, weil es nicht einmal eine Wand gab, die ihn von Melanie trennte. Es gab nur einen großen leeren Raum um ihn, einen Raum, der dadurch gekennzeichnet war, daß Melanie in ihm vollständig abwesend blieb.
Wie oft in solchen Fällen, versuchte Lothar, sich auf die Sprünge zu helfen, indem er begann, Daten zu registrieren: im Jahre 1938 war es eine dreiundzwanzigjährige Melanie gewesen, die mit ihm an den Klinker See spaziert war – er hatte sie im Februar 38 auf einem privaten Kostümfest in irgendeiner Grunewaldvilla kennengelernt –, sie war damals schon im dritten Jahr mit Richard Brahm verheiratet und hatte das Jahr zuvor ihr erstes Kind bekommen, den kleinen Andreas, der jetzt vierundzwanzig Jahre alt war, der inzwischen ein paar Semester Soziologie und Volkswirtschaft und Geschichte studiert hatte, um sich schließlich unentschlossen und lustlos und hochtalentiert bei irgendeiner Europa-Behörde in Brüssel beschäftigen zu lassen. Die Daten begannen, sich über dem Strohgelb der Feldergevierte, der Quadrate aus Laubwaldgrün auf dem jenseitigen Ufer des Klinker Sees in Gruppen zu ordnen. Als der Krieg ausgebrochen war, ein Jahr nach dem 38er Ausflugssommer

mit Lothar, war dann Lothars Sohn Günther geboren worden, ein Junge, der sich merkwürdigerweise für praktische Fragen interessierte, Typografie erlernt hatte und, mit seinen zweiundzwanzig Jahren, schon als grafischer Fachkaufmann arbeitete. Mitten im Krieg, 1943, gab es dann noch einmal ein Kind, Richards Tochter Marianne; sie war nun achtzehn Jahre alt, ähnelte ihrer Mutter und würde nächstes Jahr ihr Abitur machen. Das hörte sich an, dachte Lothar, als sei alles ganz glatt gegangen mit den Kindern, aber in Wirklichkeit war es eine harte Sache für Richard und mich, die Kinder waren so schwierig, wie Kinder nur sein können – gibt's überhaupt Kinder, die nicht schwierig sind? –, aber unsere sind schon besonders kompliziert gewesen, und eigentlich sind sie es noch, aber sie sind nun groß und helfen sich selbst weiter. Es war ein Kreuz gewesen mit den Kindern. Lothar trank wieder, und dann dachte er, dieser See sei wirklich schon eher mecklenburgisch als märkisch, ehe er dachte: es muß ein wunderbares Gefühl für Melanie gewesen sein, drei Kinder und zwei Männer zu verlassen. Sie war zweiunddreißig, als sie im Oktober 47 verschwunden war, spurlos. Die Kinder waren damals zehn, acht und vier Jahre alt gewesen. Sie hat uns ganz schön im Stich gelassen, dachte Lothar, sie ist jetzt sechsundvierzig; wie fühlt sich eine Frau mit sechsundvierzig, wenn sie sich erinnert, daß sie irgendwo drei Kinder hat, drei Kinder, von denen sie nichts weiß? Während er trank, war sich Lothar im klaren darüber, daß er Melanie haßte.
»Komm, wir wollen schwimmen gehen«, sagte Melanie zu ihm, und er wunderte sich nicht einmal darüber, daß er sie nun doch plötzlich neben sich hatte. Sie saß neben ihm, in ihrem weißen Badeanzug, hielt ihre an den Körper gezogenen Beine umschlungen und spähte auf das Wasser hinaus.
»Ich möchte noch einen Moment warten«, hörte er sich sagen. Er blickte an seinem nur mit einer Badehose bekleideten großen Körper hinab, dessen Fleisch schon damals eine Tendenz zum Zerfließen hatte. Lothar war nicht dick,

aber sein mächtiger Körper hatte etwas Ungestaltes; niemals hatte er Konfektion tragen können. Unter dem grauen heißen Wolkenlicht betrachtete er seine Haut, die nicht bleich war, sondern fast farblos, die farbig ungenaue Haut seines großen, trägen Körpers, dem es immer einen Angang bedeutete, sich seiner Muskeln zu erinnern, der sich gerne zurückzog, reglos blieb. Sein schweres Fleisch wollte noch einen Moment warten, ehe er sich ins Wasser stürzte, aber als er zu Melanie hinübersah, bemerkte er, daß das Licht gewechselt hatte, es war nun nicht mehr das neutrale Halbschattenlicht einer gleichmäßigen, hohen Wolkendecke, unter der es dunstig heiß gewesen war, heute den ganzen Tag, sondern es war das ostwindtiefe Leuchten jenes dreiundzwanzig Jahre alten Tags, das aus Tafelstücken von ultramarinblauem Himmel, Weizenchromgelb und dem indonesischen Batikbraun von Melanies Beinen, Armen und Schultern zusammengesetzt war, mit dem weiß ausgesparten Fleck ihres Badeanzugs darin – eine Gouache wie vom frühen Pechstein. Melanies Haare hingen ihr, zu einem Pferdeschwanz gebunden, den Rücken hinab. Ihre ganze Haltung war ein einziges Spähen, eine gespannte Gier nach dem Element, und so blieb Lothar nichts anderes übrig, als sich zu erheben. Sie tänzelte ihm voraus, über den schmalen Strand aus runden Kieseln, warf sich mit einem Schrei in die vom Wind dunkel überflogene Flut und begann, auf dem Rücken zu schwimmen, lautlos und fischhaft seidig. Einmal im Wasser, wurde auch Lothars Körper geschmeidig, wurde zum Körper eines langsamen, eleganten, schweren Wassertiers. Er schwamm weit in den See hinaus und betrachtete von dort aus das Ufer, den Buchenwald und die Flut, in der sich weiße Wolken spiegelten, langhingezogen.

Unvermutet tauchte Melanie neben ihm auf, sie war eine Strecke unter Wasser geschwommen und schüttelte nun die Tropfen aus ihren glatten dunkelbraunen Haaren. Wortlos umschwammen sie sich eine Weile, bis Melanie sagte: »Hier muß es tief sein.« In ihre Augen trat eine schnelle, unver-

nünftige Angst, und sie schwamm näher zum Ufer, wo sich die Angst verlor und sie sich noch lange im Wasser umhertrieben.
Als sie nachher am Ufer lagen und ihre Körper in der Sonne trocknen ließen, sagte Melanie nicht, was sie in späteren Jahren manchmal gesagt hatte: »Schade, daß Richard nicht dabei ist.« Zu einer solchen Bemerkung war ihre und Lothars Bekanntschaft damals, im Sommer ihres ersten Jahres, noch zu jung gewesen; auch wenn vom ersten Augenblick an ihr Arrangement zu dritt selbstverständlich gewesen war, so bedauerte es Melanie sicherlich nicht, daß Richard Brahm keine Neigung zu Landschaften und Wanderungen hatte, sondern mit Melanie lieber gelegentlich eine Nacht in einer Bar verbrachte, um ungestört mit ihr über seine Geschäfte reden zu können, die Geschäfte eines versierten und verwegenen Kaufmanns, der es liebte, Produktivkräfte zu entfesseln. Melanie hatte Sinn für beides: für die ›Black-Bottom‹-Bar sowohl wie für den Klinker See, für Richards Geschäfte ebenso wie für Lothars introvertiertes und gespanntes Verhältnis zur historischen Wissenschaft. Die beiden Männer hatten sich wortlos verständigt, nachdem sie herausgefunden hatten, daß sie Sympathie füreinander empfanden; auch ihre politische Einstellung verband sie miteinander, und instinktiv spürten sie, daß in ihrem Vertrag über Melanie etwas lag, was dem Zug der Zeit zu Macht, Gewalt und Besitz, zu Unterdrückung und gemeinem Hang nach Unfreiheit widerstand. Aber die Zeit wurde dunkler, auch wenn es Tage wie diesen gab: Liebestage an Ostwindufern.
»Eines Tages werde ich euch aber verlassen, dich und Richard«, sagte Melanie. »Ganz bestimmt werde ich euch verlassen.«
Lothar griff wieder nach der Flasche. Die Luft war nicht mehr angenehm halbschattig, sondern nur noch schmutzig hellgrau, weißgrau, ekelhaft farblos. Seine Mutter saß noch immer auf ihrem Baumstumpf, streng und bekümmert; er konnte sie sitzen sehen, durch Gebüsch hindurch, unbeweg-

lich. – Dann war wieder der andere Tag da, das Deckfarbenbild.

»Warum?« fragte er. »Was fällt dir ein? Du hast keinen Grund dazu.«

Sie lagen nebeneinander, Lothar auf dem Rücken und Melanie auf dem Bauch; sie hatte den Kopf auf ihre verschränkten Arme gelegt und grübelte in ihre Armbeuge hinein, dann hob sie ihn hoch, blickte über den Wald hin und sagte: »Der Krieg wird kommen. Und nach dem Krieg wird eine ganz andere Zeit kommen. Wenn die andere Zeit kommt, werde ich euch verlassen.«

Er spürte die runden Kiesel unter seinem Rücken. Auch damals hatte er schon getrunken, wenn auch mit Maßen. Er erinnerte sich nicht, was er Melanie geantwortet hatte. Übrigens hatte sie solche und ähnliche Bemerkungen öfters gemacht; er hatte ihr also eigentlich nichts vorzuwerfen – sie war von Anfang an ehrlich gewesen. Er hatte keinen Grund, sie zu hassen. Trotzdem haßte er sie. Er war jetzt so betrunken, daß er wieder einmal wußte, warum er sie haßte: weil er niemals herausbekommen hatte, weshalb sie ihn und Richard Brahm und die Kinder verlassen hatte, 1947, im Oktober.

Richard und Lothar hatten diese Frage während der Jahre, in denen sie noch über Melanie gesprochen hatten, zum Gegenstand beinahe wissenschaftlicher Erörterungen gemacht. Natürlich erwogen sie als erstes, ob ein anderer Mann die Ursache von Melanies Entschluß war, aber sie hatten nicht eine einzige Spur gefunden, die in eine solche Richtung wies. War es Lothars Trunksucht, Richards verwegene Geschäftemacherei, die sie schließlich verstörte? Melanie war keine Frau, die einen Mann nicht so, wie er war, akzeptierte oder ablehnte, und sie hatte Richard und Lothar angenommen, hatte mit ihnen gelebt und die Vorzüge ihrer Schattenseiten begriffen: die wilde Großzügigkeit, die in Lothars Hang zum Alkohol, in Richard Brahms riskanten Spekulationen zutage trat. War es also wirklich nur eine Art von heftiger und naiver Lebensneugier, von beinahe stummem Glauben daran, daß mit einer neuen Zeit ein neues Leben begonnen werden müsse, was Melanie zu ihrem Absprung bewegte? Lothar konnte es nicht glauben. Nicht einmal die Tatsache, daß sie trotz aller Bemühungen der beiden Männer, sie aufzustöbern, gänzlich unauffindbar blieb, hatte seinen Unglauben erschüttert.

Hatte also seine Mutter recht? ›Vielleicht wäre sie bei euch geblieben, wenn sie nicht gesehen hätte, daß alle eure Entschlüsse schließlich von ihr abhingen.‹ – ›Alle eure Entschlüsse‹ – das hieß im Denken seiner Mutter natürlich: der Entschluß Lothars, seinen Vater zu einer unredlichen Handlung zu zwingen, das bedeutete für sie: die verächtliche Melancholie, die den Oberstleutnant Witte in den Soldatentod getrieben hatte. ›Sie hat gespürt, daß du ein verlogenes Leben auf dich genommen hast, nur, um dich nicht von ihr trennen zu müssen.‹ Ja, sie hatten das wohl getan: ein verlogenes Leben geführt, Lothar als Buchhalter des Todes, und auch Richard, der schließlich mit dem Krieg Geschäfte gemacht hatte. Aber hatte Melanie sie verlassen, weil sie um ihretwillen etwas auf sich genommen hatten, oder aus einem noch viel tieferen Grunde, den seine Mutter nicht begreifen konnte: weil in Melanies blinde Vorstellung von einer ganz und gar neuen Zeit Lothar und Richard nicht hineinpaßten, weil das Neue, das sie im Abgrund der dunklen Zeit erwartete, nicht mit zwei Männern geteilt werden konnte, die sich mit dem Alten die Hände schmutzig gemacht hatten? Ob sie nun wohl im Neuen lebt, in der reinen Zeit, dachte Lothar. Ich lebe noch immer in den alten Verhältnissen. ›Zum erstenmal in meinem Leben liege ich irgendwo in Deckung‹, hatte er vorhin gesagt. Aber das stimmte nicht. In Wahrheit hatte er sein ganzes Leben lang in Deckung gelegen. Er blickte um sich. In Preußen lag man immer in Deckung. Hoffentlich hatte Melanie da, wo sie jetzt lebte, das Neue gefunden, in dem sie sich frei und aufrecht bewegen konnte.

Er wollte aufstehen, um seine Mutter zur Rede zu stellen, sie noch einmal zu fragen, wie sie dazu käme, Melanie in einem Atem als ›bösen Geist‹ und ›gute Frau‹ zu bezeichnen, aber die Schwere des Alkohols hielt ihn fest. Melanie war längst verschwunden, und nur einmal noch erblickte er sie, wie sie am Ufer stand. Sie hatte ihr Kleid wieder an, ein Kleid aus steingrauer, verschossener Waschseide, sie stand barfuß, mit dem Rücken zu Lothar, am Ufer und wrang ihren weißen Badeanzug aus. Ihre Haare glänzten naß und glatt, offenbar war sie noch einmal im Wasser gewesen.

Eine Bewegung aus Schlankheit und Südseebraun – einem an norddeutsche Sommerseen versprengten Tahitibraun –, aus steingrauer Seide und Sehnsucht nach einer neuen Zeit rann über ihren Körper wie Wasser, geschmeidig und feucht. Lothar, betrunken am Waldrand sitzend, spürte, wie diese Geste die tiefste Absicht seines Lebens, seinen Wunsch, ein Leben in angenehmem Halbschattenlicht zu verbringen, reglos im stillen Licht zu verweilen, zu beobachten, nachzudenken, ein für allemal vernichtete. Ein sekundenschneller Bewegungsablauf, der aus nichts bestand als aus Hautbräune und Wasserleuchten, war mächtiger gewesen als der Zug, der in seinem Charakter am stärksten ausgebildet war. Das Bild zerging – Melanie hatte sich nicht mehr zu ihm umgewendet –, und Lothar blickte auf die Flasche, in der sich noch immer ein Rest Cognac befand. Auch das da besaß Gewalt über ihn, hatte seinen Hang zu einem Dasein an diskreter, unauffälliger Beleuchtung, seinen Vorsatz, sich in neutralen Zonen aufzuhalten, zerstört.

Es gelang ihm schließlich, sich zu erheben. Er verschloß die Flasche und steckte sie in die Tasche. Da er bemerkte, wie betrunken er war, ging er bis zum Wasserrand, benetzte seine Hände und schöpfte auch Wasser, das er sich übers Gesicht schüttete. Er trocknete sich mit dem Taschentuch ab. Dann ging er zu seiner Mutter zurück, wobei er sich Mühe gab, nicht zu schwanken. Sie sah zu ihm auf.

»Was hast du eigentlich gemeint«, fragte er, »vorhin, mit dem, was du über Melanie sagtest?«

Es gelang ihm, den Satz zusammenhängend herauszubrin-

gen, aber er wußte nicht, daß in seinem Ton der rauhe, tiefe Klang der Trunkenheit lag, der Klang einer betrunkenen Drohung.
Seine Mutter fürchtete sich nicht. Sie stand auf.
»Gib mir die Flasche, Lothar«, sagte sie. »Du hast genug gehabt.«
Es sah einen Augenblick aus, als wolle er sie schlagen. Natürlich hätte er sie niemals geschlagen, nicht einmal im schlimmsten Rausch, aber die Szene sah wüst aus, zerfahren und häßlich im hellen, heißen, sonnenlosen Licht.
»Ich bin ganz in Ordnung«, sagte Lothar wütend. »Ich bin kein Kind mehr. Ich bin nicht mehr dein Kind.«

6

Sie achtete überhaupt nicht auf sein Gerede.
»Ich habe vor ein paar Tagen einen Brief bekommen«, sagte sie, »einen Brief von Melanie. Das ist der Grund, warum ich dich heute früh warten ließ, Lothar, nicht weil ich noch meine Handschuhe zu suchen hatte. Ich stand herum und überlegte, ob ich den Brief mitnehmen sollte, um ihn dir zu geben.«
Es gab für Lothar auf einmal nur noch die Gestalt seiner Mutter. Sie trug ein unauffälliges graues Jackenkleid, eine rechte Witwenkleidung, aber es kam ihm vor, als sei sie aus greller Pappe ausgeschnitten und auf einen Grund von weißem Papier geklebt. Die Welt um seine Mutter herum war leer und weiß.
»Und?« fragte er gespannt. »Hast du ihn mitgenommen?«
Er sah, daß sie nickte. Nachdem er sie eine Weile angestarrt hatte, sagte er: »Gib ihn mir!«
»Gib mir die Flasche«, sagte sie, »und versprich mir, daß wir sofort zurückfahren! Dann gebe ich dir den Brief.«
Er schwankte, als er einen Schritt vorwärts tat und nach der Tasche griff, die immer noch neben dem Baumstumpf

auf dem Stein- und Grasboden stand. Während er sich bückte, spürte er das Gefühl von kreisender Schwere in seinem Kopf.
Es geschah etwas Merkwürdiges: seine Mutter begann, um die Tasche zu kämpfen. Während er das alte braune Lederding schon in den Händen hielt, klammerte sie sich daran und begann stumm daran zu zerren. Sie sah ihn dabei verzweifelt an; auch in ihren Augen lag etwas Zerrendes, ein Ausdruck der Verzweiflung und wilder, ratloser Erniedrigung. Lothar hatte seine Mutter noch nie außer sich gesehen; er war so überrascht, daß er beinahe für einen Augenblick nüchtern wurde. Verblüfft ließ er die Tasche fahren.
Sie standen sich noch gegenüber, Lothar mit offenem Mund, seine Mutter schwer atmend von der Anstrengung, einem Betrunkenen ihre Tasche entrissen zu haben, als es im Ufergebüsch raschelte. Im Bruchteil einer Sekunde trat in ihre Augen Wachsamkeit, und Lothar wandte sich um, während seine Mutter an ihm vorbei auf eine Stelle im Gebüsch starrte, an der eine Bewegung sich ankündigte.
Dann trat ein Mann hervor. Er war untersetzt und ihnen beiden auf der Stelle unsympathisch, obwohl er sich als freundlich erwies. In mecklenburgischem Platt sagte er: »Ich hab was gesehen, als ich auf der Straße lang ging. Dachte mir, da steht'n Auto.«
Er trug einen blauen Anzug, als ginge er zu einer Festlichkeit oder zu einer Beerdigung, und auf dem Kopf eine Schiffermütze. Aufmerksam und fachmännisch betrachtete er das Auto, besonders das Nummernschild.
»Sie kommen aus dem Westen«, stellte er fest.
»Ja«, sagte Lothar, »wir sind auf der Reise zu Verwandten.«
Der Mann nickte. Er hatte ein glattes, fettes und festes Gesicht. Obgleich es heiß war, schien er in seinem blauen Anzug nicht zu schwitzen. Seine Augenbrauen waren weißblond, seine Augen von kaltem Porzellanblau, und seine Lippen waren ein wenig aufgeworfen; Lothar hatte das

Gefühl, daß der Mann mit seinen Lippen schmatzen konnte.
»Wo wollen Sie denn hin?«, fragte er, so beiläufig, daß Lothar spürte, wie er dahinter schmatzte.
Lothar war überrumpelt von der Frage; er brauchte ein paar verhängnisvolle Sekunden zu lang, um sich in seinem Rausch zu sammeln; schließlich brachte er den nächstbesten Namen heraus, der ihm einfiel: Prenzlau.
Der Mann nickte, sichtlich befriedigt darüber, daß er seine Opfer in den Händen hatte.
»Prenzlau«, sagte er. Er wog den Namen im Geiste ab. »Da sind Sie aber ganz falsch gefahren, wenn Sie von der Chaussee nach Berlin kommen. Sie sind ja viel zu weit westlich. Warum sind Sie nicht über Oranienburg gefahren?«
»Wir wollten einen kleinen Umweg machen«, erwiderte Lothar.
Es mußte sich jetzt sogleich herausstellen, ob der Mann ein Feind war oder nicht. Lothar war gefaßt darauf, daß er im nächsten Moment einen Polizeiausweis herausziehen würde.
»Umwege sind gefährlich«, sagte der Mann. Und nach einer Pause fügte er hinzu: »Bei uns!«
Die Spannung war noch immer nicht gelöst. Der Mann zog sie in die Länge, indem er zum Wasser ging, einen flachen Stein aufhob und, nachdem er ihn geworfen hatte, zusah, wie er ein paarmal über die Fläche schnellte, ehe er versank. Offenbar war er ein Meister im Stein-Flitschen. Das ist ein geiler Hund, dachte Lothar, betrunken wie er war, ein geiler Hund von einem Spitzel. Er blieb aufrecht stehen und bemühte sich, bewegungslos zu bleiben, um dem Mann nicht zu verraten, in welchem Zustand er sich befand. Seine Mutter stand regungslos da, in ihrer knappen und hochmütigen Haltung, die ihr zur zweiten Natur geworden war.
Der Mann kam zurück.
»Wenn Sie lieber nach dem Westen zurück wollen«, be-

gann er, und er fuhr rasch und überlegt mit der gleichmütigen, Diskussionen abschneidenden Erwägung fort, »weil Sie sich verfahren haben«, um seinen Satz mit dem Vorschlag abzuschließen, »dann gibt es einen guten Weg von hier aus.«

Lothar atmete erleichtert auf. Sogar seine Mutter machte eine Bewegung, die verriet, daß ihre Spannung sich löste. Der Mann war also kein Feind, im Gegenteil, er war ein Helfer. Kein sehr freundlicher Helfer, denn er blieb kalt, er schien in einer Art von kaltem, schmatzendem Genuß zu registrieren, wie der Schrecken, den seine Anwesenheit verursacht hatte, abnahm – aber immerhin.

Er trat dicht an Lothar heran. »Fahren Sie noch ein kleines Stück weiter«, sagte er, »aber nicht bis Barrentin.« Er sprach, ohne die Stimme zu senken, aber er machte sie tonlos. »Vor Barrentin geht eine Straße links ab, zum See. Über den See gibt es eine Fähre. Von der anderen Seite aus sind Sie nach ein paar Kilometern wieder auf der Interzonen-Chaussee.«

»Keine Vopos?« fragte Lothar. Er tat sich keinen Zwang mehr an.

In die harten, porzellanblauen Augen des Mannes geriet eine Dunkelheit aus Haß. Aber er nahm sich zusammen, hob nur die Schultern und sagte: »Wenn Sie Pech haben!«

Er war ein Helfer. Das Merkwürdige ist, dachte Lothar in seiner Alkohol-Hellsicht, daß er mir nicht sympathischer geworden ist, seitdem ich das weiß. Aber ein unsympathischer Helfer ist besser als ein sympathischer Feind, dachte er; man kann sich seine Freunde nicht aussuchen.

»Und der Fährmann«, fragte er, »wie ist der?«

»Der Fährmann ist in Ordnung«, sagte der Mann.

Es gab keinen Grund mehr, weitere Fragen zu stellen, aber Lothar blieb immer noch stehen, weil er sich genierte, dem Mann zu zeigen, was mit ihm los war. Bei dem ersten Schritt, den er tat, würde der Mann bemerken, daß er kaum noch auf den Beinen stehen konnte.

»Danke«, sagte er schließlich, »danke für den Rat!«

Der Mann wandte sich wortlos ab, ging wieder ans Ufer und begann aufs neue mit dem Steine-Flitschen. Lothar stolperte buchstäblich bis zur Wagentüre, riß sie auf und fiel auf den Fahrersitz. Das Auto hatte in der Hitze gestanden, und Lothar brach der Schweiß aus. Er kurbelte die Scheiben herunter, ehe er den Motor anließ. Seine Mutter folgte ihm langsam nach und ließ sich neben ihm nieder.
Der Mann hatte mit dem Steine-Flitschen aufgehört; er stand ein paar Schritte entfernt und sah Lothar zu.
»Kann ich irgend etwas für Sie tun?« fragte Lothar ihn. »Brauchen Sie etwas? Geld zum Beispiel? Westgeld?« Das Angebot kam unbeholfen über seine Lippen, mit der Grobheit des Betrunkenen; Lothars Abneigung gegen den Mann entlud sich darin.
»Lothar!« sagte seine Mutter.
Der Mann sah ihn nur an, kalt, porzellanblau und fett. Die Schiffermütze saß ganz gerade auf seinem dicken Katerkopf. ›Der Fährmann ist ganz in Ordnung‹, hat er gesagt, dachte Lothar, aber er selber ist nicht in Ordnung. Irgend etwas war an dem Mann, was ganz und gar nicht in Ordnung war. In der Tiefe seiner Trunkenheit begann Lothar plötzlich, sich vor dem Mann zu fürchten, ehe er das Auto in Gang brachte. Langsam und rumpelnd fuhr es in die Schneise. Im Rückspiegel konnte Lothar den Mann nicht mehr sehen.
Als er den Wagen kurz anhielt, ehe er aus der Schneise auf die Straße einbog, sagte seine Mutter: »Laß uns lieber den Weg fahren, den wir gekommen sind, Lothar!«
»Aber warum?« fragte Lothar. »Sein Tip ist erstklassig, wenn er stimmt.«
Erst jetzt fiel ihm auf, daß seine Mutter während der Begegnung mit dem Fremden kein einziges Wort gesprochen hatte. Sie war die ganze Zeit über wie erstarrt gewesen.
»Ich habe ein ungutes Gefühl«, sagte die alte Dame.
Lothar zuckte die Achseln. »Durch Neuruppin kommen wir kein zweitesmal, ohne daß die Vopos uns aufhalten.«
Noch während seine Mutter sagte: »Jetzt wäre es mir fast

lieber, wir bekämen mit der Polizei zu tun ...«, bog er schon nach rechts ein, in die Richtung, die der Mann ihm gewiesen hatte. Er beschleunigte die Fahrt des Autos. Weil er betrunken war, fuhr er übertrieben korrekt; er hielt den Wagen scharf rechts an der Grenze der Bankette; sein Blick lag starr auf der Straße, die weiter durch den Wald führte, der für Lothar nur aus diffusem grünem Buchenlicht bestand, durch das eine exakt gezeichnete graue Straße führte. Kein Auto begegnete ihnen. Einmal kamen sie an einer Frau vorbei, die einen Karren zog, auf den Reisig gehäuft war. Erst nach einer ganzen Weile erinnerte er sich wieder an die Angelegenheit mit dem Brief. Der Gedanke an Melanies Brief kam so schlagartig zu ihm zurück, daß seine Aufmerksamkeit sogleich von der Steuerung abgelenkt wurde und er mit dem Auto auf die linke Straßenseite geriet. Er korrigierte die Abweichung, ehe er fragte: »Warum hast du mir den Brief nicht schon in Berlin gegeben?«

»Er ist an mich gerichtet«, antwortete seine Mutter, »und für mich bestimmt. Ich weiß gar nicht, ob es Melanie überhaupt recht ist, daß ich ihn dir zum Lesen gebe.«

»Lächerlich!« Seine Stimme wurde grob, nuancenlos. »Eine von Melanies Finten. Natürlich will sie mit Richard und mir Verbindung aufnehmen. Sie macht es nur spannend.«

Er fühlte, daß er verrückt war vor Begierde nach dem Brief. Es war unerträglich, diesen Brief in Griffweite in der Handtasche seiner Mutter im Auto zu wissen. Nur ein letzter Rest von Selbstachtung hinderte ihn, den Opel anzuhalten und seine Mutter zu bitten, sie möge ihm den Brief geben. Um sich dafür zu rächen, daß er sich beherrschen mußte, begann er, seine Mutter anzuklagen.

»Sie macht es wie damals«, sagte er höhnisch, »als sie immer lange freundliche Gespräche mit dir führte, wenn sie mich besuchen kam, in Frohnau, weißt du noch? Sie wußte, daß ich rasend wurde, während sie mit dir plauderte, daß ich auf den Moment wartete, wo sie zu mir in mein Zimmer kam, aber sie zog das in die Länge, sie machte Konversation mit dir. Sie hat es nie ausgesprochen, aber ich glaube, sie verachtete mich ein wenig, weil ich als erwachsener Mann noch immer mit meiner Mutter zusammenlebte.« Um das Maß voll zu machen, fügte er hinzu: »Vielleicht ist das auch ein Grund, warum sie mich verlassen hat: weil ich mich bis übers Kriegsende hinaus nicht von dir getrennt habe.«

»Ja«, sagte seine Mutter, und wäre er nicht betrunken gewesen, so wäre ihm die ganz unbetroffene Sachlichkeit ihres Tons aufgefallen, »vielleicht hättest du dich rechtzeitig von mir trennen und Melanie zu dir nehmen sollen. Fort auch von Richard!«

Aber Lothar hörte nicht hin. Plötzlich wurde er sich dessen bewußt, daß er ein Ortsschild passiert hatte, auf dem ›Barrentin, 2 Kilometer‹ zu lesen gewesen war, und daß kurz vor dem Pfahl mit dem Schild eine unbezeichnete Straße nach links abging. Er hielt den Wagen mit einem Ruck an. ›Aber nicht bis Barrentin‹, hatte der Mann gesagt. Lothar blickte zurück; der Pfahl war noch zu sehen. Vorsichtig begann er, das Auto zurückzusetzen. Das Manöver war fast zu viel für den Grad von Rausch, den er sitzen hatte; er brachte das Auto nur in Schlangenlinien bis zur Einmündung der Straße zurück. Einmal, als der Opel beinahe quer auf der Straße stand, blieb Lothar ein paar Sekunden erschöpft am Steuer sitzen: er fühlte sich völlig duhn und brütete dumpf vor sich hin.

Ein Viertelliter Cognac, dachte er, das ist eigentlich gar nichts, aber ich bin blau wie eine Haubitze, wie alle Gewohnheitstrinker, die nicht immun werden gegen den Schnaps, sondern im Gegenteil immer wehrloser. Zwei, drei Schlucke werfen mich jetzt schon um, dachte er trostlos, in die Tiefen des Waldes starrend, ehe er sich wieder aufraffte. Seine Mutter beobachtete ihn schweigend.

Die Straße nach dem See, über den eine Fähre führen sollte, war schmal und ungeteert, ein weißes Forststräßchen. Es war Nachmittag, das Licht hatte sich verändert, der Himmel, der über den Bäumen zu sehen war, schimmerte immer noch gleichmäßig weiß, aber die Strahlung, die durch ihn hindurchging, war gebrochen, ein angenehmes Grau hatte sich ausgebreitet, das beinahe nach Regen aussah. Melanie ist also zurückgekehrt, dachte Lothar, vorerst mit einem Brief, aber sie ist zurückgekehrt, ich werde den Brief lesen, sowie wir die Interzonen-Chaussee erreicht haben werden; er fühlte sich nun gelöst und beherrscht, er setzte sich ein Ziel: die Fähre, dann die paar Kilometer durch den Dosse-Bruch – was für ihn ein wunderbarer Rat, den der Mann am Klinker See ihm gegeben hatte –, dann die Straße nach Hamburg. Auf der Straße nach Hamburg angekommen, würde er den Opel kurz anhalten und Melanies Brief lesen. Es war nur natürlich, daß er sich aus solchem Anlaß an Melanies Abschied erinnerte. Sie hatte ihn angerufen, an einem Morgen im Oktober 47, gleich nach dem Frühstück, und ihn gebeten, zu ihr zu kommen. Richard befand sich auf einer Geschäftsreise und Andreas und Günther waren in der Schule, nur die vierjährige Marianne befand sich bei Melanie in der Wohnung. Melanie hatte ihn gebeten, den Vormittag auf Marianne aufzupassen, mittags käme eine Zugehfrau und am Abend wäre Richard wieder zurück, hatte sie gesagt, aber am Vormittag habe sie niemanden für das Kind, und sie müsse verreisen.

Lothar war aufgebracht gewesen. »Warum«, fragte er, »wohin?« »Ich muß verreisen«, hatte Melanie geantwortet, »einfach verreisen, ich weiß nicht, ob ich zurückkomme.« Sie hatte schon ihren Tuchmantel an und bürstete noch einmal ihre Haare zurück, während sie im Flur stand. Ihr Koffer stand gepackt da, und sie war aus der Wohnung gegangen, ohne noch einmal nach der Kleinen zu sehen, die im Wohnzimmer spielte. Auch Richard Brahm hatte in jener Zeit, 1947, mit seiner Familie recht beengt gewohnt. Lothar war ins Wohnzimmer gegangen und hatte auf die Straße geblickt, auf der Melanie in ein wartendes Taxi gestiegen war. Das Taxi fuhr fort und ließ die ruhige Mietshäuserstraße im Berliner Westen, in der die Brahms damals gewohnt hatten, vollständig leer. Lothar hatte sich abgewendet und sich auf einen Sessel im Wohnzimmer gesetzt; er hatte damals lange der kleinen Marianne zugesehen, die ruhig, und ohne sich von Lothar stören zu lassen, mit ihren Bauklötzen spielte. Es war die Zeit gewesen, in der es wenig Spielsachen für Kinder gab.

7

Die Straße endete bei einem großen Holzplatz am Seeufer. Geschälte Buchenstämme lagen umher, und der Boden war mit Rindenabfällen bedeckt, auf denen die Reifen des Opel ein prasselndes Geräusch machten, als Lothar fast bis zum Rand des Wassers fuhr. Er sah das Tau, das über den See gespannt war, der hier etwa fünfhundert Meter breit sein mochte. Die Fähre lag am jenseitigen Ufer, eine Art Floß, wie Lothar erkennen konnte, nachdem er ausgestiegen war. Auch an diesem See gab es keine Häuser, jedenfalls von dem Punkt aus, an dem Lothar stand, konnte er keine Häuser sehen: nur die Esse einer Ziegelei ragte über den Wald, ziemlich weit nördlich.
Lothar machte aus seinen Händen einen Trichter und rief: »Hol über!«, aber nichts rührte sich. Er rief noch einmal. Schließlich ging er zum Auto – seine Mutter hatte ihren Platz darin nicht verlassen – und drückte auf die Hupe. Ihr Klang hörte sich häßlich an, trocken und quälend. Ein Mann kam drüben zum Vorschein, er trat aus dem Wald und stieß, ohne sich zu beeilen, das Floß mit einer Stange vom Ufer ab. Die Fähre war durch zwei Seile mit dem Tau verbunden, und Lothar beobachtete, wie der Fährmann das Floß ohne Ruder an dem Tau entlangzog. In dem grauen Nachmittagslicht war der See so leise, daß es schien, als bewege sich die Fähre überhaupt nicht. Lothar blickte auf die Binsen, die das Ufer, wo er stand, einfaßten; spärlicher Schaum hing unbewegt zwischen ihnen, kein Windzug brachte die Holz- und Borkestückchen, die auf der erstarrten Haut des Wassers lagen, ins Treiben. Lothar wartete

mit glasigem Blick; er hätte am liebsten den Rest Schnaps getrunken, der noch in der Flasche war, aber er war nun matt vom Trinken und konnte sich nicht einmal mehr dazu aufraffen.
Der Mann brauchte zehn Minuten, um den See zu überqueren, und er erwies sich im Näherkommen als eine hagere, lange, nach Wendenart in graue Leinwand gekleidete Gestalt. Er richtete kein Grußwort an Lothar. Die Stämme des Floßes waren mit Brettern gedeckt, und der Fährmann legte, nachdem es aufgelaufen war, zwei Planken aus, um es dem Auto zu ermöglichen, auf das Deck zu gelangen. Danach blieb er auf dem Floß stehen und sah Lothar zu, wie er das Auto manövrierte.
»Eine primitive Angelegenheit«, sagte Lothar zu seiner Mutter, während er den Motor anließ, »so was gibt es nur noch hier im Osten.« Insgeheim war er begeistert von der einfachen Floßfähre, dem wendischen Fährmann, dem geheimnisvoll verborgenen See.
»Willst du nicht lieber aussteigen?« fragte er.
Sie schüttelte den Kopf. Lothar blickte sie flüchtig an, und er fühlte sich wieder unbehaglich, als er ihr verschlossenes Gesicht sah. Er begriff, daß sie das Auto als einen Schutz empfand; alles an dieser Reise mußte ihr unheimlich vorkommen, und sie wollte nun in dieser Blechhöhle verweilen, bis alles vorbei, bis sie wieder in Sicherheit war. Ich habe mich benommen wie ein Schubiak, dachte er.
Der graue Flößer hatte die Laufplanken genau in die Spurweite des Opels gelegt, und Lothar gelang es, das Auto schon beim ersten Anlauf auf das Deck zu bringen. Erleichtert darüber, daß er sein Können gezeigt hatte, stieg er aus. Der Mann hatte bereits die Bretter eingezogen und die Fähre in Gang gebracht. Zu seinem Erstaunen sah Lothar bereits eine rasch wachsende Wasserfläche zwischen sich und dem Ufer. Lautlos liefen die Halteseile der Fähre mittels Rollen auf dem Tau entlang. Der Mann brauchte nicht mehr zu tun, als mit seinen beiden Armen eine schiebende Bewegung am Tau auszuführen, die, obwohl das

Floß jetzt mit dem Auto belastet war, nicht viel Kraft zu erfordern schien. Während der Zieharbeit stand er vom Deck abgewandt und blickte über den See, aber er schien ihn nicht zu sehen.

Lothar stellte sich zu ihm und begann, ihm beim Ziehen zu helfen. Das Tau fühlte sich hart und glatt an. Der Mann machte zum erstenmal den Mund auf.

»Lassen Sie das!« fuhr er Lothar an. »Das können Sie nicht. Wenn einer das Ziehen nicht gelernt hat, bringt er den Prahm in Unordnung.«

Lothar nahm erschrocken die Hände vom Tau. Übrigens hatte er tatsächlich gespürt, daß eine flatternde Bewegung durch das flache Schiff gegangen war, nachdem er an das Tau gefaßt hatte. Dann überlegte er, wie die Stimme des Fährmanns geklungen hatte. Sie hatte sich angehört wie die Stimme eines sehr alten Mannes. Der Mann war hager und lang, und er sah aus wie ein alter, aber nicht wie ein sehr alter Mann.

Der See war nun in seiner vollen Länge zu überblicken, nach Süden ging er in Schilfwildnisse über, in eine Bruchlandschaft, die von einzelnen stehenden Kiefern überragt war, nach Norden war er eine Buchenbucht. Ganz fern konnte man unter Laub das Rot von Gehöften sehen: das mußten die Häuser von Barrentin sein. Kein Kirchturm zeigte sich; auch die Esse der Ziegelei war verschwunden. Der Nachmittagssee glomm im brandenburgischen Sommerlicht: lautlos, versponnen und silbern. Nur die Rollen machten ein kleines Geräusch.

»Wir sind aus dem Westen«, sagte Lothar. Das Schweigen des Mannes ärgerte ihn, und er wollte ausprobieren, ob er es brechen konnte. Wie alle Betrunkenen, wollte er reden.

Er bekam keine Antwort. Dergleichen Mitteilungen schienen den Grauen nicht zu interessieren. Lothar hatte es übrigens erwartet. Er versuchte es mit einer direkten Frage.

»Wie lange sind Sie hier schon Fährmann?«

Der Flößer sah ihn nicht an. Er arbeitete verächtlich und stumpfsinnig weiter. Aber er bequemte sich zu einer Antwort.
»Mehr als fünfzig Jahre.«
Lothar gab sich Mühe zu rechnen, und es gelang ihm, die Zahl 1910 zu finden. Das Kaiserreich, die Republik, die Schreckensherrschaft, der Kommunismus. Die Systeme. Er muß bald siebzig sein. Deshalb klingt seine Stimme so sehr alt, dachte Lothar. Mit einer märkischen Fähre durch vier Systeme gekommen.
»Waren Sie Soldat?«
»Im ersten Krieg, ja«, erwiderte der Mann, »im zweiten nicht mehr.« Er würgte noch etwas hervor, eine Sache, die ihm wichtig erschien. »Im zweiten war es gut, daß einer hier war. Als die Leute anfingen zu flüchten ...« Er brach ab, verstummte.
Wie immer, wenn er duhn war, hatte Lothar Erleuchtungen. Geschichte schreiben, dachte er, nachdem man die Aussagen eines solchen Mannes protokolliert hat. Man muß ganz andere Quellen aufschließen als Gesandtenberichte, Briefwechsel, Memoiren. Wie stellen sich vier Regierungssysteme, vier Denkformen von Herrschaft, auf einem weltverlorenen Floß in der Tiefe der Mark Brandenburg um die Mitte des zwanzigsten Jahrhunderts dar? Material für eine Doktorarbeit! Wenn ich Doktoranden hätte, würde ich sie aus den Archiven in die frische Luft jagen, zu solchen Leuten. Er wurde sich wieder einmal mit Bitterkeit der Tatsache bewußt, daß er keine Doktorarbeiten zu beurteilen hatte. Er war Privatdozent, mit abseitigen Themen befaßt, Spezialist für gewisse Züge der mittelalterlichen Geistesgeschichte, in die These verrannt, er habe an einem historischen Vorgang zu zeigen, inwiefern er einzigartig sei, stiller Gelehrter also, stiller Schnapstrinker, Liebhaber von Halbschatten, und als Mann offenbar ein Versager, denn sonst hätte Melanie ...
Er war dabei, diesen Gedanken zu Ende zu denken, um sich danach zu erinnern, daß Melanie jetzt vielleicht zu-

rückkehrte, und er wollte am Schluß seiner Überlegungen zu seiner Mutter ans Wagenfenster treten, um ihr von dem siebzigjährigen Fährmann zu erzählen, der seit 1910 hier Dienst tat – die Geschichte eines solchen Lebens hätte ihrem Stolz auf Preußen wohlgetan –, als er wieder die flatternde Bewegung spürte, die durch die Fähre ging; sie teilte sich zuerst seinen Füßen mit, die plötzlich unsicher wurden. Er stand am Ende der Fähre und blickte immer noch auf das Ufer zurück, das sie verlassen hatten, es war nun schon weit entfernt, sie mußten sich über der Mitte des Sees befinden, und weil das flattrige Gefühl in seinen Füßen nicht sogleich aufhörte, trat er einen Schritt zurück und wandte sich um.

Es ist möglich, daß Lothar Witte schon im gleichen Augenblick, in dem er sich umwendete, wahrnahm, wie das Auto, in dem seine Mutter saß, dem vorderen Rand der Fähre zurollte. Es ist möglich, aber wahrscheinlich ist es nicht. Möglich ist nur, daß die Netzhäute seiner Augen den Opel abbildeten, wie er tatsächlich ins Rollen geraten war, wie er langsam, beinahe zart dahinrollte, jedoch, da die Strecke, die er zurückzulegen hatte, äußerst kurz war, in einer Zeitspanne, die kaum gemessen werden kann, so schnell ging dieses langsame Rollen vor sich, den Rand der Fähre erreichte, wo er mit den Vorderrädern ins Wasser tauchte und sich dann, kopflastig, vornüberneigte, um mit einem schnellen Gurgeln zu verschwinden. Aber das Bild auf Lothars Netzhaut scheint nicht sogleich als Nachricht an sein Gehirn weitergegeben worden zu sein – dazu war es doch wohl zu weit entfernt von allem, was Lothar damals für Wirklichkeit hielt. Es paßte nicht in das Leben, das er gelebt hatte, das vielleicht trotz des Schnapses und trotz seiner Leidenschaft für eine Frau eher ein diskretes Leben gewesen war. So ist es zu erklären, daß Lothar, nachdem er in die Knie gebrochen war, weil nach dem Wegkippen des Autos ein mächtiges Schwappen die Fähre erfaßt hatte, eine Weile kniend verharrte und, die Hände auf die nassen Bretter gestützt, auf allen vieren also, auf den

Platz starrte, auf dem der Opel gestanden hatte. Er war weg, aber es war nicht möglich, daß er weg war.
Dem grauen Fährmann ging es übrigens ähnlich. Er hatte gemerkt, daß etwas nicht in Ordnung war, weil die Fähre sich auf einmal nicht mehr ziehen ließ, aber er war zu langsam, um sich sogleich umzuwenden, und dann hatte das große Schwappen ihn gezwungen, sich am Tau festzuhalten. Weil er sich am Tau festhalten konnte, war er nicht hingestürzt wie Lothar. Kaum, daß er noch gesehen hatte, wie das Auto im Wasser verschwand. Als die Bewegung der Fähre zum Stillstand kam, sah auch er, daß das Auto verschwunden war. Er ließ das Tau los und blickte stumm über das leere Deck. Die Seilrollen knirschten noch ein paarmal auf dem Tau hin und her.
Erst als der alte Mann bemerkte, daß Lothar sich erhob und ein paar Schritte zum Decksrand hin machte, ging er auf ihn zu und packte ihn am Arm.
»Es hat keinen Zweck«, sagte er, »der See ist hier hundert Meter tief.«
Lothar hatte gar nicht die Absicht gehabt, ins Wasser zu springen, einen Rettungsversuch zu machen, er wollte nur auf die Stelle blicken, an der das Auto versunken war, wobei er sich sogleich sagte, daß es vielleicht gar nicht mehr die Stelle war, vielleicht hatte die Fähre sich inzwischen so weit bewegt, daß sie den Ort schon hinter sich hatten. Er lief zur anderen Seite und blickte hinab: das Wasser war überall gleichmäßig dunkelgrün. Er war noch unfähig, schon zu denken, daß dort unten die Leiche seiner Mutter lag, aber nichts hätte ihn bewegen können, dieses Wasser mit irgendeinem Teil seines Körpers zu berühren.
»Kann die Frau schwimmen?« hörte er den Fährmann fragen. »Wenn sie schwimmen kann, kommt sie vielleicht noch hoch.«
Lothar wandte langsam seinen Kopf in die Richtung des Sprechenden. Dieser alte Mann schlug ihm also vor, sich vorzustellen, daß dort unten seine Mutter einen Versuch machte, sich durch das Wagenfenster zu zwängen, um viel-

leicht noch nach oben zu tauchen, daß sie sich in einem letzten verzweifelten Versuch gegen das Ersticken wehrte, gegen das Eindringen des Wassers in ihre Lungen. Er setzte sich auf die Planken der Fähre und krümmte sich zusammen.

»Nein, ist unmöglich«, sagte der Mann, der plötzlich begriff, was er gemeint hatte, in seinem Platt und mit seiner sehr alten Stimme. »In der Tiefe ist die längst tot.« Und nach einer Pause fragte er: »War das Ihre Mutter?« Er zog dann die Fähre weiter. Sie war leichter geworden, und nach wenigen Minuten legten sie am jenseitigen Ufer an. Lothar blieb auf dem Floß sitzen.

»Ich geh jetzt nach der Rettung telefonieren«, sagte der Mann.

Lothar blickte auf. »Warum haben Sie eigentlich nicht gemerkt, daß ich betrunken war«, fragte er scharf. Er sprach jetzt mit dem Fährmann wie mit einem Untergebenen. »Warum haben Sie nicht bemerkt, daß ich die Handbremse nicht angezogen und keinen Gang eingeschaltet habe, als ich das Auto auf dem Floß hatte?«

»Ich versteh nichts von Autos«, sagte der Mann trocken. Er sagte noch irgend etwas, aber Lothar hörte ihm schon gar nicht mehr zu. Er blickte über das Wasser hin. Erst nach einer Weile, erst als der Mann längst verschwunden war, formte sich in Lothars Gehirn endlich die Nachricht, die als Bild so lange auf der Oberfläche seiner Augen gelegen hatte. Es war nicht das Bild des rollenden Autos, nicht der Sturz des Wagens in die Tiefe, noch das weiße blasige Gurgeln im Dunkelgrün, das es aufgerührt hatte, sondern es war das Gesicht seiner Mutter, das ihn für den Bruchteil einer Sekunde angestarrt hatte, ehe der Opel, indem er kopfüber verschwand, es mit sich nahm. Seine Mutter mußte sich auf ihrem Sitz herumgedreht haben, als sie das Rollen des Autos gespürt hatte. Sie hatte keine Zeit mehr gefunden, einen Schrei auszustoßen, sie hatte sich nur einfach umgewendet, höchst verwundert wahrscheinlich und vielleicht noch nicht einmal erschrocken, sie hatte auf Lothar geblickt,

als wolle sie ihn um ein Wort der Aufklärung bitten, eher erstaunt als entsetzt, und so war sie verschwunden, eine unausgesprochene Bitte an ihren Sohn auf den Lippen. Lothar konnte sich an den Ausdruck ihres Gesichts genau erinnern. Am Ufer des Barrentiner Sees, auf den Planken der Fähre hockend, begann es, zu einem Teil seiner Vergangenheit zu werden, und er begrüßte den Einzug des letzten Gesichts seiner Mutter in sein Gedächtnis, indem er anfing zu lachen.
In der Dämmerung trafen die Rettungsmannschaften aus Wittstock ein. Sie führten Tauchgeräte mit sich. Auch eine Ambulanz war dabei. Ein Arzt gab Lothar, der immer noch lachte, eine Spritze. Als sie ihn ins Auto hoben, schlief er schon.

8

Er überwand seinen Nervenschock ziemlich schnell. Sie brachten ihn in ein Berliner Gefängnis und behandelten ihn, weil sie nicht recht wußten, woran sie mit ihm waren, als politischen Untersuchungshäftling. Die Einzelzelle war Tag und Nacht beleuchtet, so daß er wenig Schlaf fand. Um halb elf Uhr nachts erhielt er zwei Decken und durfte sich hinlegen. Es war verboten, das Gesicht und die Hände zu bedecken, und sie weckten ihn, wenn er es im Schlaf unbewußt doch getan hatte.
Er machte ein paar Versuche, ihnen zu erklären, warum er sich abseits der Interzonen-Chaussee herumgetrieben hatte, aber sie sahen ihn verständnislos an. Während einer Vernehmung erklärte ihm der Untersuchungsrichter, das Auto sei gehoben worden und es würde beschlagnahmt werden.
»Was ist mit meiner Mutter?« fragte Lothar.
»Sie ist beerdigt worden«, erwiderte der Richter, »auf dem Friedhof in Wittstock.«
»Wir haben ein Familiengrab«, sagte Lothar, »im Herrnhuter Friedhof, am Blücherplatz.«

»Sie können ja später die Umbettung veranlassen«, schlug der Richter vor.
Ein paar Tage später brachten sie ihm die Gegenstände, die im Auto gefunden worden waren, hauptsächlich Dinge, die seiner Mutter gehört hatten, darunter ihre braune Ledertasche. Man sah es den Sachen an, daß sie lange im Wasser gelegen hatten und gewissenhaft getrocknet worden waren – sie wirkten wie Präparate, wie Ausgrabungsfunde, mumifiziert.
In der Handtasche fand er Melanies Brief; das Couvert war mit einem Zensurstempel versehen worden. Lothar betrachtete den Brief, er las die Adresse seiner Mutter, von Melanie mit der Hand geschrieben, ihre Schrift schien sich wenig verändert zu haben. Die Tinte war von der Feuchtigkeit da und dort zerlaufen. Ohne ihn gelesen zu haben, zerriß er den Brief sorgfältig in kleinste Fetzen.
Drei Wochen später entließen sie ihn. Tilius hatte, über Kollegen in der Humboldt-Universität, geschickt interveniert. Sie brachten ihn in einem Auto zum Brandenburger Tor, wo Tilius, der benachrichtigt worden war, Lothar in Empfang nahm. Der Tag war kühl und regnerisch. Tilius zeigte sich bei dieser Begegnung von seiner besten Seite, ohne alle Dekansallüren, ohne geübte Suada, eher schweigsam und sichtlich von Lothars Unglück betroffen. Als sie im Taxi saßen, sagte er: »Der Ostberliner Staatsanwalt wird die Akten nach dem Westen schicken. Sie werden noch einen Prozeß wegen fahrlässiger Tötung durchstehen müssen. Aber Sie werden ziemlich sicher Bewährungsfrist bekommen«, fügte er hinzu. Lothar bat darum, ihn am Bahnhof Zoo abzusetzen. Ehe er ausstieg, sagte Tilius zu ihm: »Können Sie nicht das Trinken sein lassen, Witte!« Er sprach wie ein Mann zu einem anderen Mann, so, wie es sich gehörte.
Lothar erkundigte sich am Bahnhof nach dem Fahrplan der Interzonenzüge. Er entschloß sich, am nächsten Vormittag nach dem Westen zurückzufahren. Dann suchte er einen Makler auf und beauftragte ihn, den Verkauf der

Frohnauer Villa in die Wege zu leiten. Das Haus war hypothekenfrei, und der Makler stellte ihm eine Masse Geld dafür in Aussicht; Lothar rechnete sich aus, daß er sich mit dem Geld ein paar Jahre von der Universität zurückziehen konnte, um sein Buch über Amaury de Bêne zu schreiben. Er ging den Kurfürstendamm entlang und landete schließlich im ›Bristol‹. Die Terrasse des ›Bristol‹ war mit Infrarotstrahlern geheizt, Lothar saß auf einem der mit Kissen bezogenen Korbstühle und sah, im Schatten der Markise, auf den kühlen Kurfürstendamm hinaus. Die Frauen trugen farbige Schirme über den verregneten Boulevard. Nach den Gefängniswochen, in denen er nichts zu trinken bekommen hatte, wartete Lothar ungeduldig auf den Cognac, den er bestellt hatte. Er trank vorsichtig und nicht mehr als zwei Gläser. Dann ging er fort, um sich ein Hotelzimmer für die Nacht zu suchen.

Biographische Notiz

Alfred Andersch wurde als Sohn eines Offiziers am 4. Februar 1914 in München geboren. Nach dem Schulbesuch ließ er sich 1928 bis 1930 als Buchhändler ausbilden. Während der Zeit der Arbeitslosigkeit schloß er sich der kommunistischen Jugend Bayerns an. 1933 wurde er für ein halbes Jahr im Konzentrationslager Dachau inhaftiert. Nach seiner Entlassung war er in München, später in Hamburg Angestellter in der Industrie, bis er 1940 zum Wehrdienst eingezogen wurde, den er am 6. Juni 1944 durch seine Desertion an der italienischen Front beendete. Aus amerikanischer Gefangenschaft zurückgekehrt, war er 1945/46 Mitarbeiter der *Neuen Zeitung* in München. 1946/47 gab er mit Hans Werner Richter die nach 16 Heften von der amerikanischen Militärregierung verbotene Zeitschrift *Der Ruf* heraus. Mitglied der »Gruppe 47«. 1948 bis 1950 leitete er das »Abendstudio« des Senders Frankfurt a. M., 1951 bis 1953 die Feature-Redaktion der Sender Hamburg und Frankfurt; in diesen Jahren entstanden zahlreiche Hörspiele und andere Arbeiten für den Rundfunk. 1955 und 1957 gab er die Zeitschrift *Texte und Zeichen* heraus, zugleich war er Leiter der Redaktion »Radio-Essay« des Stuttgarter Senders. Seit 1958 arbeitete er als freier Schriftsteller, wohnend in Berzona bei Locarno. Dort starb er am 21. Februar 1980.

Kernthema des Schaffens von Alfred Andersch ist die Freiheit des Menschen; in seinen Romanen und Erzählungen stellt er das Leben in dieser Zeit kritisch dar. Bücher von Alfred Andersch: *Deutsche Literatur in der Entscheidung* (Essays, 1948); *Die Kirschen der Freiheit. Ein Bericht.* (1952); *Piazza San Gaetano* (Erzählung, 1957); *Sansibar oder der letzte Grund* (Roman, 1957); *Fahrerflucht* (Hörspiel, 1958); *Geister und Leute* (Zehn Geschichten, 1958); *Die Rote* (Roman, 1960), *Wanderungen im Norden* (Reisebuch, 1962); *Ein Liebhaber des Halbschattens* (Drei Erzählungen, 1963); *Bericht, Roman, Erzählungen* (1965); *Aus einem römischen Winter. Reisebilder* (1966); *Efraim* (Roman, 1967); *Hohe Breitengrade oder Nachrichten von der Grenze* (Reisebuch, 1969); *Tochter* (Erzählung, 1970); *Mein Verschwinden in Providence* (Erzählungen, 1971); *Norden Süden rechts und links* (Prosa, 1972); *Winterspelt* (Roman, 1974); *empört euch der himmel ist blau* (Gedichte, 1977); *Der Vater eines Mörders* (Erzählung, 1980).

Alfred Andersch im Diogenes Verlag

Die Kirschen der Freiheit
Ein Bericht. detebe 20001

Sansibar oder der letzte Grund
Roman. detebe 20055

Geister und Leute
Zehn Geschichten. detebe 20158

Die Rote
Roman. Neue Fassung 1972. detebe 20160

Ein Liebhaber des Halbschattens
Drei Erzählungen. detebe 20159

Hörspiele
detebe 20095

Efraim
Roman. detebe 20285

Mein Verschwinden in Providence
Neun Erzählungen. detebe 20591

Aus einem römischen Winter
Reisebilder. detebe 20592

Die Blindheit des Kunstwerks
Literarische Essays und Aufsätze
detebe 20593

Ein neuer Scheiterhaufen für alte Ketzer
Kritiken und Rezensionen. detebe 20594

Winterspelt
Roman. detebe 20397

Öffentlicher Brief an einen sowjetischen Schriftsteller, das Überholte betreffend
Reportagen und Aufsätze. detebe 20398

Neue Hörspiele
detebe 20595

Einige Zeichnungen
Graphische Thesen. detebe 20399

Der Vater eines Mörders
Erzählung. Mit einem Nachwort für Leser
detebe 20498

Flucht in Etrurien
Drei Erzählungen aus dem Nachlaß
detebe 21037

Hohe Breitengrade oder Nachrichten von der Grenze
Ein Reisebericht mit 48 Farbtafeln nach Aufnahmen von Gisela Andersch
detebe 21165

Wanderungen im Norden
Reisebericht. Mit 32 Farbtafeln nach Aufnahmen von Gisela Andersch
detebe 21164

Das Alfred Andersch Lesebuch
Ein Querschnitt durch das Gesamtwerk
Herausgegeben von Gerd Haffmans
detebe 20695

Als Ergänzungsband liegt vor:

Über Alfred Andersch
Essays, Aufsätze, Rezensionen von Thomas Mann bis Arno Schmidt. Interviews, Chronik, Bibliographie der Werke. Auswahlbibliographie der Sekundärliteratur. Erweiterte Neuauflage 1980. detebe 20819

empört euch der himmel ist blau
Gedichte und Nachdichtungen 1946–1977
Pappband

Sämtliche Erzählungen
Diogenes Evergreens